第十屆現代兒童文學獎作品
行政院文化建設委員會　指導

魔法雙眼皮

黃秋芳　著

評審委員的話

林文寶：本篇細膩地刻畫出時下青少年於成長中所面臨的困擾：包括自我認同、正確價值觀的建立、家庭與學校問題等，是關懷新世代新新人類的題材作品。本文中恰當地使用流行性語言與事物，不含教訓意味，能貼近青少年讀者的心。

林煥彰：一個單眼皮的女孩，嫌自己難看，她想用親手打造自己的「魔法」，使單調的單眼皮眼睛，變成新月形的好看的雙眼皮……故事就這麼開展，在看似無聊的一個女孩顧盼自憐、自怨自艾、自言自語又滔滔不絕的自述中，將當前e世代的寂寞、空虛、無聊、多疑、敏感、鬼混、莫名其妙，什麼都不在乎又什麼都在乎的十五歲愛美又不會念書、逃學、抽菸、搖頭丸，追逐流行文化的少女生活、情懷、心理、有迷茫、有省思、有悲傷、有歡樂的青澀人生……是一部反映部分e世代正處於蛻變、成長中的少女文學作品。

我喜歡這個故事的眞實、自然、少女內心世界的敘述方式，更喜歡故事中眞實的「我」。

目錄

在生命中尋找魔法（自序）

和朋友相熟十幾年，一直好喜歡他們優質的婚姻品質，年近五十，仍然親密地共同參與彼此的生活，而且難得地，維持著中年男女可望而不可得的從不變形的好身材，男的俊帥挺拔，女的溫柔多嬌，因為他們這樣相親相愛，以至於我們都忽略了，從來不曾親眼看見，他們的生命層次裡，其實還有「為人父母」的另一個部分。

只有一次，在他們家頂樓的星空下一起泡茶，剛好他們那二十歲的女兒帶著一個好可愛的小男孩回來。小男孩在院子裡玩，她一直安靜著，就在執壺泡茶的父親進屋去裝水、母親剛好也同時離開去接電話的短短瞬間，忽然，她開口了：「我爸媽一定不會讓你們知道，我離婚了，那小男孩是我兒子，老媽替我另外找了房子住，家裡總是有那麼多客人，他們很少介紹我，怕我們母子丟了他們的臉。」

腦子裡「轟！」地一聲慌慌亂了起來，還想不到該接些什麼話，她又急急接著說：「他們怕丟面子，我就是要讓他們沒面子。每次總是這樣，不管什麼事發生，我都只有一個人。你們看我這雙眼皮漂亮嗎？沒有人知道，那是我自己貼的，把膠帶貼在眼皮上，忍耐著不要撕下，直到潰爛、結疤，那時候我以為自己快死掉了，沒想到還真的成功哩！瞧，很完美吧？」

她說話的時間很短，也許因為這樣她才必須說得這麼急，很

快，母親接完電話回到座位上，父親也提了水回來，一時，大夥又接續著剛才停下的話題說說笑笑，像連續劇播完了廣告自動接續著劇情。朋友那美麗的離了婚的年輕女兒，仍然安靜著，直到我們離開，沒再說什麼話，我幾次偷看那雙漂亮的雙眼皮，癡癡張望著她，真覺得，這世間的每一樁完美，都有一些不堪碰觸的疼痛。

回家後，寫了《魔法雙眼皮》。

這本書，除了小女孩用膠帶貼出一雙魔法雙眼皮之外，幾乎沒有什麼故事，主角們的生活也沒有太大的改變，甚至，沒有小說中慣常吸引我們的那些激烈的危機與衝突，我們只是跟著書中幾個渴望愛、渴望關切，而又不得不孤孤單單長大的孩子，行走在寂寞的曲曲折折裡，學習著，一次又一次在疼痛裡覺察、成長，然後成熟。

真希望這世界真的有魔法。

然而，愛那麼簡單，又那麼複雜，好像真不是魔法可以解決的難題。每一個經歷疼痛的孩子，都像經歷著雙眼皮潰爛的魔法，各自在不得不面對的疼痛、潰爛裡結痂結疤，如果有人能夠，用心去感覺，發生在身邊的每一個人、每一件物，每一樁鋪陳在我們生命裡的紀事都有值得珍惜的意義，那麼，生命的另一種可能，會在每一次傷痛中漸次成形。

特別在這裡要感謝的是，書中第六章〈珍惜屬於我們的金鳥〉中許多mail裡動人的故事，多半來自於我龐大的學生、朋友、侄兒姪女們的網路轉寄，他們是我簡素的單身生活裡最華麗的裝飾。其中，劇烈引起書中人物關於愛的辯證的那篇「因為買了外殼圖案很像結婚時玫瑰捧花的新烤麵包機而引起生死訣別的傷心車禍」，後

來發現，文本來自溫小平在方智出版社《情人過招case by case》中的〈唇畔一朵玫瑰〉，故事淒美動人，小平姐慨然借我引用故事，也是一件值得珍藏的美麗。

因為學會處處珍惜，越來越覺得，在生命中尋找魔法的種種努力，其實很容易。

黃秋芳 於二〇〇二年秋天

0、魔法，雙眼皮

鏡子裡有一雙眼睛，又圓又大又亮。應該會很好看的，可惜是單眼皮。在鏡面上，用老媽細細的眉筆，沿著右眼上眼瞼的線條邊緣，小心畫了條線，然後，貼近看得更仔細些，細心地，畫出一整個眼睛的輪廓。

果然又圓又大。像漫畫裡《淘氣小親親》的味道，說眞的，滿可愛的。可惜眞的就只是單眼皮。

家裡靜悄悄地，姊一定又躲在院子裡靠著那棵大松樹看書，她

有點怪，不到天色暗得看不見課本，根本不會進屋裡來。有時候我眞覺得，那棵老松樹比媽還像個保母。老爸老媽正忙著爲年底的選舉四處去拜訪樁腳，招待他們吃吃喝喝，夜裡還要「續攤」，反正不可能在我們還醒著的時候回來，有太多時間沒有人會管我，我可以小心翼翼地在鏡面上，同樣畫出左眼的線框輪廓，然後在鏡面上，照我喜歡的樣子，畫出兩顆圓溜溜的眼珠子。

可惜還是單眼皮。

不過，單眼皮也不是世界末日。我有我的魔法。這些天，我一次又一次在單調的兩隻單眼皮眼睛上，畫出彎彎的兩道新月形雙眼皮輪廓細線，像哈利波特額頭上的閃電，那是魔法的印記，不必依靠爸爸媽媽的遺傳，我可以，自己選擇我喜歡的新月形雙眼皮。

我必須親手打造自己的魔法。畫在鏡面上的新月雙眼皮，越來

越好看了，當然，也越看越覺得自然。貼上透明膠帶，沿著我自己設計出來的新月形雙眼皮邊線，用細細的油性筆描摹在透明膠帶上，再貼上一層膠帶，修剪下來，裁出兩片細細彎彎的透明新月印記。撕下右眼那一片小小的新月形透明膠帶，貼近鏡面，我開始輕輕地發著抖，就是這樣了，我知道就是這樣。

這就是我的魔法。

「貼上去，這一點都不難，加油！」像戰士擂動著驚天動地的戰鼓，我也同樣大聲替自己打氣。努力鎮定著不斷打顫的手，終於，把透明膠帶貼上右眼，鏡子裡，有調皮的精靈對我一笑，然後匆匆閃過，彷佛可以看見，美麗的雙眼皮。

一旦有了經驗，貼左眼的透明膠帶就變得很容易。回過身，檢查著房間裡堆滿了的泡麵、ＣＤ、漫畫、日劇和韓劇ＶＣＤ，都是

小瑤幫忙打點的道具。說眞的，她是我認識過最厲害的同學。會讀書又會玩，一旦她決定要做的事，沒有做不到的，像這次的雙眼皮計劃，她其實不是很贊成，可是一經過討論，她很快就擬定細節，找出各種問題，準備了足夠供我兩三個禮拜不出門也過得下去的精神和物質食糧，讓我更有信心堅持下去。

不過，只是貼上膠帶，眼皮還算健康正常，還不到把自己藏起來的時候。打電話約了小瑤，到二輪戲院連拚兩場電影，都是早已經看過的，不過，有什麼關係？反正，這個禮拜天我一定要在人多的地方擠來擠去，湊個熱鬧。

「你眞的不怕嗎？」小瑤有點緊張：「這樣眞的不要緊嗎？」

「怕什麼？就當作生了一場病算了吧！小時候誰沒有呼天搶地地生過病？」我興奮地扯著她的手，急急往前衝，夜市裡什麼都有，現在不讓我看個過癮、玩個過癮，接下來，少說，也要被關上個兩三個禮拜。

小瑤做夢也沒想到，我居然還敢來上學：「嘿！你看看你那什麼樣子，雙眼皮貼得這麼不自然也敢來學校？」

對她猛然吹了個口香糖泡泡，我大笑起來：「我喜歡上學嘛！」

小瑤才不相信我喜歡上學，林老師當然也不相信。連著兩三天，他有意無意地走過我的座位，奇怪地瞄了我幾眼，他知道，我老媽不必擺立委太太的架子，光是對這個私立學校名目繁多而又數目龐大的捐款，就讓學校不知道該如何懲治我，何況，家裡有兩台備用轎車，一台賓士，一台ＢＭＷ，學校主任、教員有需要，隨時可以出借，特殊狀況還可以附送司機，連林老師上次相親都來跟老媽借過車，老媽告訴他，開ＢＭＷ看起來比較年輕。

大夥都不知道該如何教我多讀一點書，怕馬上就要面臨把我塞進哪個學校去的難題，又不知道要怎麼壓迫我讓我迎頭趕上，乾脆不聞不問。壞的表現不說，好的表現也從來沒嘉獎。

我像是學校裡多出來的遊魂，每天飄來飄去，有時候到學校上課，有時候不去，反正誰要找到老爸老媽都不容易，找到他們的時候又急著提出自己的請求，誰都沒心情想到我缺課的事，大部分的曠課通知都是我自己一個人在家裡接到的，塞了一大疊在抽屜裡，老媽很民主，從來不曾翻過我們的抽屜。

一、每個人都有一個最珍貴的小角落

不去學校其實也沒什麼大不了，問題是，我又不像班上酷酷的阿歡那樣，有那麼多地方可以去。

有一天，實在無聊極了，闖進西城萬年廣場。每一條街都窄窄暗暗的，穿來錯去，讓我非常吃驚，大家不是都說這兒挺好玩的嗎？說有一整條街全部都是日本貨，有一整條街全部都是韓國貨，有一整條街全部都是卡漫周邊產品……，彷彿魔法世界，吃的、玩

的、新奇的，應有盡有。

可是這些街道像藏著什麼機關似的，吃的、玩的、新奇的，全都不知道藏在哪裡，光就彎彎曲曲，繞來繞去，這裡一灘污水，那裡一團垃圾……。好不容易，看到一方長長的帘子，淺藍色的底，大大的一個我最喜歡的燒焦饅頭娃娃，深深的咖啡色，挖出兩團空洞的白眼，揹著深藍色的包袱，像要去好遠好遠的地方，可是，哪裡也去不成，光是在那兒飄啊飄地。

好像我。

想都沒想就掀開帘子跨了進去。哇！屋子裡好臭，分不出是香菸、汗水、還是人家說的大麻安非他命或其他什麼怪味道。滿屋子的人。奇怪，現在不是上課時間嗎？怎麼有這麼多人不在學校裡，反而窩在這些奇奇怪怪的地方？忽然發現，我不但不會爲這些人擔心，反而很高興，就好像，揭開一個祕密，原來，原來我不是世界上唯一不知道該做些什麼才好的——遊魂。

耶？有人遞了香菸給我耶！他們這樣動都沒動、甩都不甩我，還以爲沒人發現我呢！想不到這地方就像我老爸在選舉看板上寫的，有眞情、有溫度，怪不得，燒焦饅頭娃娃揹起了包袱就躲進這裡來，這麼些不必知道我是誰，不在乎我爸爸媽媽是誰的陌生朋友，一看到我就接納我。

接過香菸，我高興得眞想哭。可是，我怕香菸的味道哪！

想一想，又何必在乎香菸味呢？忍耐一下就過去了，重要的是，不能讓才見面就用香菸歡迎我的新朋友失望。深深、深深地吸一口氣，正要把香菸湊到嘴巴裡去的時候，黑暗中，有人打掉我的香菸，粗魯地一把拖著我，一路上不斷撞到別人，穿越過擁擠的人群走向門口。

不要，我不要離開這裡。掙扎著，我想留在這裡，想跟燒焦饅頭娃娃一樣，一直一直待在這裡。那人力氣好大，被他挾住，根本掙脫不了，索性停下掙扎，我開始踢他，撞他，抓他頭髮，就在我狠命咬住他的手臂時，剛好出了門口，我們兩個人扭打著一起撞進一灘髒水裡，才想大聲罵髒話時，光線亮了起來，我愣住。

是他，阿歡。沒想到，我認識他。

從來不曾這麼近這麼近看過阿歡，天哪！他有一雙深深的、深深的，美麗雙眼皮。我安靜下來，一下子不知道自己該怎麼辦？阿歡放開我，揉了揉剛剛被我咬過的手臂，看都沒看我，垂下眼睛淡淡地說：「你是好人家的好女孩，以後不要再到這個地方來了！」

「好女孩？」不知道爲什麼我就開始生氣了：「你知道？奇怪

啦！我自己都不知道，你怎麼會知道我是好女孩？如果我眞的是好女孩，除了你之外，怎麼沒人發現我是好女孩？」

我越說越氣，忍不住回頭走向最親愛的燒焦饅頭娃娃：「這可有趣啦！我天天在學校裡都沒人知道我是好女孩，才發現個有人喜歡我的地方，我又得因爲我是好女孩，不能盡情去享受我的快樂！我才十五歲耶！十五歲就覺得自己在整個校園裡顯得最老、最無聊！爲什麼我就不能快快樂樂的，爲什麼不能去可以讓我快樂的地方？」

「我當然知道你是個好女孩。」阿歡抓住我，漂亮的雙眼皮靜靜地看著我。我忽然什麼也不氣了。一顆心咚咚咚地跳起來，讓我慌慌張張不知如何是好地握緊雙拳壓住它。只聽到不知道從天上地下什麼地方傳來的阿歡的聲音：「我們小學六年級快畢業時，和你同一棟大樓低年級教室前，有一個個子特別小的孩子抬便當摔倒，打翻了一個飯盒，除了被同學揍了一頓之外，他的飯盒也被搶走。這孩子很懦弱，什麼都不敢說，肚子又餓，光知道蹲在地上哭。我從校外回來，剛好看見你蹲在地上哄他，長長的辮子拖在地上，傻傻地逗一個孩子笑，卻怎麼也拿他沒辦法，最後你不知道還能做什麼，站起身，把自己漂亮豐富的飯盒留下給他，這孩子一看到有飯吃，立刻就笑了，那時你高興成那個樣子，誰敢說你不是個好女孩？」

「眞的嗎？」阿歡的聲音很輕，我聽得入迷。一會又很不放心地問：「你說的那好心的女孩，眞的是我嗎？我怎麼一點都不記得了？」

「你當然不會記得。那時候的你，每天總會有不同的打扮得漂

漂亮亮的太太來替你送便當，有牛排，有漢堡，有高級壽司……，變化好多，可是你常常不吃，有時候一整盒都倒掉，也許你拿給那小孩的飯盒，原來也打算要倒掉的吧！但是，我還是一直非常感激你，因爲，那小孩，是我弟弟。」阿歡放開我的手，回轉身，回到還是空洞著眼神的燒焦饅頭娃娃那裡去，只是非常溫柔地丟下話：「你眞的是很好很好的女孩，無論是香菸、大麻、搖頭丸……，或者是任何別的，只要一沾上就沒完沒了，這些都不適合你，不去學校上課沒關係，但是，不要再到這種地方來了，記住，不要再到這種地方來了！」

阿歡沒有等到我的回答就走遠了。說也奇怪，我眞的不曾再到過那些地方，而且也不想。

可是，不去那些地方又不去學校，還眞不知道要幹嘛？看電影，看電視，要不然就上網，很多同學喜歡流連在ＩＣＱ，可是我打字速度很慢，不到幾分鐘就被唾棄，常常一個人掛在那裡，很久都沒人理，像忘記穿泳裝還光溜溜留在游泳池邊的醜女孩，說有多難過就有多難過，去了幾次就放棄了。只能收收mail，雖然大部分都是重複的笑話、謠言和惡作劇，有時候運氣好，還是會收到一些有意思的，眞的很好笑！像雙子星大樓在飛機快要撞上的時候，啓動彈開裝置彎身躲開飛機；小北極熊、小企鵝和小海獺爲了吃鯨魚肚子裡的小魚，一個接一個開心地跳進鯨魚肚子裡；一堆漂亮的雪白雪白的蛋，圍著一顆破掉了流出蛋黃的蛋，驚慌失措地爭相走告：「天哪！他吐了。」……

都說這是一個電子信的時代，信在哪裡？狗屎，國文課根本已經不想教「寫信」這件事，大不了就是坐在電腦前面看看一大堆不相干的人傳過來傳過去的笑話和故事。

有時候什麼都不做，坐著發一天呆，反而高興！從來就不像姊那樣，她還眞無聊，可以一整天那樣沒頭沒腦地看著書，有時候明明讀不下了還要硬撐，她房間緊貼在我的隔壁，三不五時還會聽見她偷偷在哭的抽泣聲，不想讀就不要讀了嘛！眞不知道她爲什麼這麼想不開，典型的讓人受不了的處女座。

人家說，金牛座吃苦耐勞，很能下定決心苦讀，除了我這個不愛讀書又不會讀書的金牛座之外，我怎麼不認識幾個愛讀書又會讀書的金牛座？還是，我反正也認識不了幾個資優生？

不喜歡讀書，算是世界末日了嗎？可是，我們到底是爲了什麼讀書、到底要爲誰讀書呢？像這些天，想到接下來可能有兩三個禮拜不會來上學，忽然，很想好好給他上幾天課。

林老師別的不說，聲音倒是眞的很好聽，有一種夜半收音機裡傳出來的味道，他那非常神經質的臉，其實有一點點，我是說只有一點點啦！眞的「只有一點點」迷人的感覺。才想要好好做幾天乖孩子，他倒是驚驚疑疑，總是用那種很賤的眼神偷偷瞄著我，就好像接下來我會幹出什麼讓他下不了台的事似地，讓人很不爽，我又不是阿歡。

阿歡上回在Pub搖頭狂歡被臨檢，查出是林老師的學生，讓他很沒面子。其實這原本沒有什麼，要不是校長發明了「教師榮譽簿」制度，而林老師一向分數又積得太高，惹人眼紅，一下子從阿歡開始一路扯了出來，每一個老師各自透過不同班級的「抓耙仔」透露內幕。說眞的，我們這種年紀，有幾個不曾偷偷試過所有大人禁止我們去做的每一件事情？有的人就是賤，不講半點義氣，尤其我們這個特別班，有立委的孩子，有議員的孩子，有董事長的孩子，有外國剛回來的ABC，偏偏又沒半個眞的愛讀書的，光是被學校當作「溫室標本」罩著，不要說別人，我自己看了都覺得不舒服，結局當然很慘，一個一個被出賣。第一次，林老師分數被扣得很奢侈，還搞到負分的地步。

校長氣壞了，這下子叫他如何向那些特殊的家長交代呢？

林老師也嚇呆了，以前那種秀秀氣氣斯斯文文的氣質都變了。說眞的，在我們這種陰盛陽衰的私立學校，女孩子一多，話就百無禁忌，還眞難不去喜歡像林老師這種有點瘦、有點高，眼睛還藏著一點點害羞的大男孩。他剛畢業，走在走廊上怕碰到成群結隊蹦來跳去的女學生的身體，總是半側向牆壁成四十五度角，貼著牆面前進，班上長得高又漂亮的女生都很大膽，常常故意找很多問題裝作很用功的樣子，直接到辦公室去問他，他總是垂著頭，誰也不看，光是反覆地說：「問吧，你們問吧！」

他只負責提供答案，我想，也許他根本不知道究竟是誰到辦公室問他問題。只有一次，忽然有人問他：「老師，聽說你去相親。你喜歡像我這樣的女生嗎？還是，你喜歡別的什麼樣子？」

他停在那裡，很久，慢慢、慢慢地紅了臉，然後抬起頭來，看了看那女生。從那之後他在教室巡堂時從不敢靠近那女生座位一帶，光走到附近，那些「恐怖兵團」立刻會爆出一串驚天動地不知所以然的笑聲。

女孩子一多，笑聲就變得非常三八。我一直很同情林老師。可是，這樣溫柔可愛的林老師，也因爲「教師榮譽簿」而變得鬼鬼祟祟。他一定在猜疑，爲什麼我已經連著幾天一本正經地待在教室裡上課，到底我又打算要怎麼整他？他怎麼一點都看不出來，跟那些整天只想著談戀愛的三八們比起來，我還算是對他夠意思的？小瑤說得對：「你別看老師這種東西，表面上看起來好像很有威嚴，其實膽小得不得了，一有風吹草動就急著撇清關係，深怕自己要負上什麼責任。」

不知道小瑤爲什麼這麼聰明？我猜，應該和她那念大學的哥哥有關係吧？她哥常常說我們「浪費生命」，可是，除了專長「浪費生命」之外，我們又還沒有學會別的什麼。

有一個禮拜天，我們在小瑤家看電視，他剛好從外面進來，一看見我們又在「浪費生命」，忍不住皺了皺眉頭，揮了揮手叫我們進去他的房間。這是我第一次進入一個「男生的房間」，很曖昧耶！我覺得有點緊張，小瑤的表情倒看不出什麼變化，她可能常常

進來吧！聽說，她哥一直幫她複習功課到他上大學住校爲止。

他丟了兩本由他親自編選的《「暑期文學生活營」研習手冊》給我們，叫我們好好讀其中兩篇文摘：勞倫斯的〈卡夫卡變蟲記〉和馬奎斯的〈我只是來借個電話〉。

怎麼可能？這可是大學生的暑期文學研習營耶！我們怎麼可能看得懂呢？我皺起眉頭，好想回家。偷看一下小瑤她哥，忙碌地收拾行李、筆記、吉他……，他們的營隊快出發了，他一邊東翻西翻一邊還咬著下唇不知道在想些什麼；回頭看看小瑤，她崇拜她哥，習慣接收他一切合理或不合理的指令，早已經靜下心來，專心致志地閱讀起來。

這麼愛看書的小瑤爲什麼會跟我一起鬼混著？我眞的不明白，是不是我眞的像阿歡說的，我其實是一個很不錯的好女孩？忽然覺得我應該表現得像一個討人喜歡的好孩子。耐下心，開始讀〈卡夫卡變蟲記〉。卡夫卡一早起床發現自己變成一隻超級大甲蟲。這是什麼爛故事？眞蠢，這隻大甲蟲還會穿衣服、下樓梯，只是處處出錯，好不容易走到爸爸媽媽和妹妹面前，大聲對他們說：「你們看，我變成了一隻超級大甲蟲！」

每個人都忙著做各自的事，媽媽做早餐，爸爸看報紙，妹妹顧著玩遊戲，沒有人瞄他一眼！到了學校，老師、同學、司機叔叔甚至營養午餐阿姨，仍然沒有人發現卡夫卡變成一隻蟲了。

這有什麼好奇怪？我就算變成一隻超級大蟑螂，也不會有人發現。卡夫卡算好的哩，還有好朋友麥克陪著他，一起到圖書館了解他到底變成了哪一種蟲。抬眼瞄了下小瑤，心裡有點難過，如果我眞的變成一隻超級大蟑螂，她一定不會陪我，她常說，死蟑螂臭蟑

螂，而且不論任何武器，總是能夠迅雷不及掩耳地，立刻把出現在她眼底的蟑螂打死。

有一個心理測驗說，你對蟑螂的態度就是你對情敵的態度。第一次看到這個心理測驗，我就非常害怕地告訴小瑤：「我如果是你的情敵，一定會被你用超恐怖的手段打死！」

小瑤白了我一眼，沒好氣地說：「你大部分的時候都顯得很笨，一小部分時候又很瘋狂，你放心，我喜歡聰明一點的男孩子，至少得像我哥那樣子，絕對不會喜歡上你喜歡的那種人。」

啊！完蛋了，小瑤已經翻到第二篇作品了，我還在胡思亂想。趕緊回到變成甲蟲的卡夫卡，看他怎麼在學校過完一天驚奇、不安，又有點好玩的生活，回到家裡，發現大家還是沒有注意到他，他難過地爬上天花板，到了晚餐時間，爸爸媽媽才發現一直沒來吃

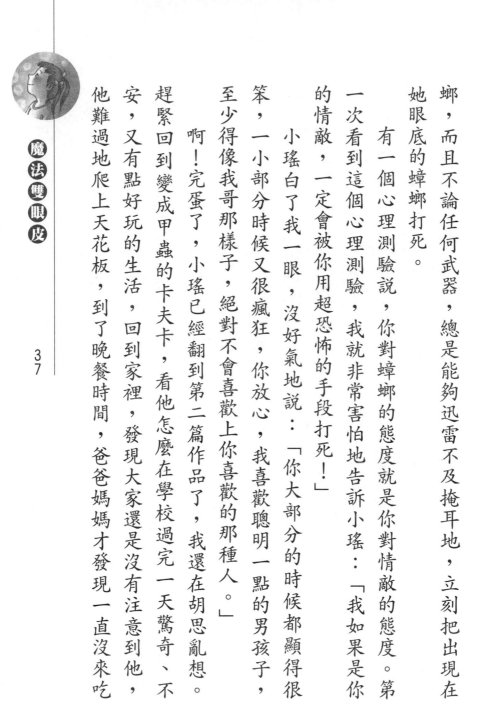

飯的卡夫卡已經變成了一隻停在天花板上的甲蟲了，爸爸媽媽雖然訝異，但仍然真情擁抱卡夫卡，即使變成一隻蟲，家人的愛也永遠不會改變，卡夫卡安心的睡著了，一覺起來，哇！卡夫卡又變回小男孩了。

狗屎。我輕輕說，又警戒地瞄了下小瑤和她哥，還好，沒有人聽見。我才不相信，這樣擁抱一下，就可以證明家人的愛永遠不會改變，卡夫卡又可以安心地睡著睡熟，再變回小男孩。

書上說的愛都太簡單，我真不想再看下去。可是，小瑤還挺用功的呢！我只好繼續讀〈我只是來借個電話〉。瑪麗亞在野地裡汽車拋錨，誤搭上瘋人院巴士，準備到熱鬧的地方借個電話，結果被當成瘋子關在瘋人院關了一輩子，她的反抗被當成嚴重的「她已經瘋了」的證明，連她丈夫好不容易找到她，也聽信院方的說明，真

以爲她應該繼續住下去接受「治療」，瑪麗亞就這樣安靜地在瘋人院住了一輩子。

瑪麗亞就這樣安靜地在瘋人院住了一輩子。我覺得很難過。第一次，看一樣東西不是「覺得想要哭」，而是「一下子就哭了」，來不及準備什麼，甚至不知道小瑤看完了嗎？不知道小瑤看了有什麼心得，光是唏哩嘩啦哭得很醜很醜，我不知道，自己爲什麼哭，可是我就是止不住，就好像我自己也被關在那裡面，一輩子都出不來，只能一直一直掉眼淚，忽然想到我現在的單眼皮一定因爲大哭腫得超醜，眞丟臉，還是在一個很曖昧的一輩子第一次進來的「男生的房間」裡。

「對啦！這就對啦！只有還懷著眞情眞愛，而且眞正體會過寂寞的人，才會由衷地在這個時候哭了起來。」小瑤她哥眞是怪胎。

這是他第一次沒有用「你們總是在浪費生命」的那種不屑的眼神來看我，而且還非常讚賞地高興起來，難道他還沒發現，我的單眼皮腫得很醜，還是他根本不在乎我長得怎樣？

是不是他只在乎他的「暑期文學研習營」？我們讀他的研習手冊，我們讀完時大哭，這樣，爲什麼會讓他那麼高興？

「眞不公平，愛哭的人反而會得到讚美，你都還沒聽我發表讀後心得呢！」小瑤才提出抗議，她哥已經迫不及待地背起大包小包行囊往外走，還一邊大聲往裡喊：「小瑤，幫我抬吉他出來！」

她哥一走，小瑤眞的就大大、大大地不高興起來。我忙著在浴室裡用冰毛巾對付我腫起來的醜醜單眼皮，完全想不出來，小瑤到底在生什麼氣？她只是有一句沒一句地哼哼應應，完全提不起勁，我覺得很沒意思，就提早回家，一路上只覺得這世界眞奇怪，小瑤

已經是我所認識唯一會讀書又超級會玩的女孩子，眞不知道，老天爺把一切好的都給了她，還有什麼事情好讓她不高興？

這個世界上，好像每個人都有一個最珍貴的小角落。小瑤有她哥，她哥有卡夫卡、瑪麗亞和他的「暑期文學研習營」，卡夫卡有好朋友麥克，瑪麗亞有瘋人院，阿歡有那個我去不了的西城萬年廣場，我呢？啊！我有我姊，不對，我姊才不會要我呢！她有她的書，和她那安靜而美麗的院子，以及一棵永遠不會拋棄她的老松樹。

眞是夠了！我眞慘哪！一直很害怕，像我這樣平凡的人，如果忽然間死掉了，一定沒什麼可以讓別人記住的地方。

這個下午我忽然發現，我和別人最大的不同是——什麼都沒有。

二、誰看見我的疼痛？

我眞的不想什麼都沒有。有一天我問小瑤：「你所擁有的最特別的屬於自己的特色，你覺得，應該是什麼？」

小瑤想了一下，非常肯定地回答：「我可以把很複雜的東西，整理到很簡單、很清楚，而且絕不會留到第二天繼續傷腦筋。」

「那我呢？我所擁有的最特別的屬於自己的特色，究竟是什麼呢？」我看著小瑤，好希望她可以立刻給我一個答案。她認眞地想了很久，然後非常確定地說：「你喜歡胡思亂想，而且越是不可思議的事越可能付諸行動。不過，你通常想得多、做得少，所以不太有什麼特別可以被別人記得的事情發生。」

這時候我眞的有點討厭小瑤。

她以爲她是誰呀？戴著厚厚的眼鏡，光會講幾句斬釘截鐵、誰都不敢反駁的結論，她以爲她是誰？

一定有什麼特別可以被別人記得的。我開始很認眞很認眞地回想，從小到大，人們最常對我說的是什麼話？這樣就可以看得出來，他們用什麼眼光在看待我？

一個人一旦有了點事做，日子就過得很快。我才想一下子，居然就過了一個星期。還好，我終於可以確定，我最常聽到的一句話是：「這孩子長得多好看呀！可惜怎麼就是單眼皮呢？」

那麼，我應該算是好看的。沒錯吧？如果只是單眼皮這個問

題，實在很容易就可以解決。我想了幾個方法，最後，決定一個方案，找小瑤到家裡來商量：「嘿，我最近要在眼皮上貼膠帶，無論多久都不準備撕掉，直到膠帶裡的汗水混在皮膚上潰爛掉，等它結疤乾掉脫落，會自然形成受傷萎縮的眼皮，下陷在眼瞼上，一等到平滑健康的眼皮蓋下來，就變成最自然的雙眼皮。」

「你花轟啦！」小瑤太吃驚了，連發音都變得很好笑。她舔了舔唇，看著不說話的我一副不像在開玩笑的樣子，忍不住聲音裡都顫起抖來：「我就說，你總是喜歡想一些不可思議的事來做，你該不會是因爲我說你想得多、做得少，故意找一件事來嚇我吧？」

「這樣你會記得我了吧？」我忍不住想要作弄她，誰叫她老是要裝作一副「成熟老小姐」的樣子，來讓我們覺得自己很遜，永遠都比不上她呢？這下子該換她張口結舌、講不出話來了吧？

沒想到，小瑤沒有被嚇住，還是像個老小姐般皺著眉，仔細考慮著：「我記不記得你並不重要，你以後會讀和我不一樣的學校，交不一樣的朋友，再以後，你還要談戀愛、結婚，也不會在乎我記不記得你。」

她一邊走一邊想，一邊又自顧自搖搖頭，在我們家的院子裡走過來、走過去。我們討論得太專心，完全忘記了姊就在旁邊，直到她不高興地連瞪了我們好幾眼，最後忍不住問：「你們到底要在這裡繞到什麼時候？這樣會讓我沒辦法專心讀書耶！」

「啊！對了，我們不能再繞過來繞過去了。」小瑤拉著我到房間去，打開電腦，仔細地列出用膠帶貼出雙眼皮的優缺點：

優點：1.很省錢。

2.如果眞的成功，人會變漂亮。
3.很自然，不必怕手術失敗。

缺點：
1.不知道時間要拖多久，必須解決這段時間不能被別人看見的問題，免得中途被制止。
2.一個人這樣躲起來，眞的很無聊。
3.不確定潰爛程度會造成什麼樣的危險性。
4.陳明瑜眞的能夠承受這種潰爛的痛苦嗎？？？？？？

……

小瑤就這樣一直一直在鍵盤上打出一個又一個連續的問號，直到我制止她。眞能承受這種潰爛的痛苦嗎？我不知道。我只能再三說服她，也努力說服自己，還沒做的事，我們怎麼會知道結果怎樣

呢？不過，話說回來，我們怎麼可能在做所有我們想要做的事情之前，都先知道結果？

既然這樣，那就做了吧！

我們開始分配工作。我練習畫雙眼皮，小瑤從她哥房間搜刮所有的CD、漫畫、日劇和韓劇VCD，我們在不同的商店買了好多好多不同牌子的泡麵、零食、飲料……，堆得整個房間都是。

「你眞的要繼續做下去嗎？」每天我一到學校，小瑤就不放心地盯著我那貼著膠帶的眼皮瞧。有時候我會在心裡偷偷想，林老師要是像她這樣緊迫盯人，我大概可以讀進前十名，可惜，他只知道小心翼翼地提防我，只要我不會害他在「教師榮譽簿」上被扣分，他就不過問我的任何生活細節，問題是，人家又不在乎我，我又何必在乎一定要哪一個老師來關心我呢？

第二個星期，眼皮開始發癢，眼看就要潰爛，而且不知道會造成什麼結果。我不得不悄悄告訴小瑤：「從明天開始，我可能不能來上學了，你要記得，一定要花很多很多的時間來陪我。」

「你眞的要繼續堅持下去嗎？」小瑤非常擔心：「要不要通知你姊一聲？」

「不要，一定會被她笑。」不知道爲什麼，忽然我也變聰明了，我模仿著小瑤喜歡下結論的樣子，學她那樣肯定而有自信地點一下頭：「愛漂亮本來沒有罪，但是，愛漂亮又不會讀書的人，一碰到很愛唸書的孩子，全被比得一無是處。還有，你記不記得那天我們在院子裡討論的時候，她還在旁邊呢！說不定她知道，而且早就在心裡偷笑！」

一說完，也沒有特別的原因，我們一起哈哈大笑起來。

然後，我突然非常非常害怕。過了今天，小瑤就不會陪在我身邊了，剩下我一個人，我必須一個人去面對接下來不知道會發生什麼變化的，我的，魔法雙眼皮。

雖然我這樣熱烈地等待一雙魔法雙眼皮。可是我還是非常非常害怕。這夜我一睡去，居然夢見我也變成了卡夫卡身邊的一條蟲。一條不快樂的蟲。跟在卡夫卡身邊，看他高高興興地享受做一條蟲的快樂，而且非常確定，只要他的爸爸媽媽愛他，任何時候他睡一覺，醒來又可以繼續做他原來的小男孩。

我跟不上卡夫卡。在夢裡，居然發現，即使是變成一條蟲，我還是那麼不能控制地愛哭著，一邊蠕動，一邊無止無休地掉著淚，沾著我的眼淚前進，到最後到處都溼答答的，一直找不到乾燥的地方，找不到快樂的地方，找不到被愛的地方……我知道沒有人會擁

抱我，我永遠永遠也變不回一個人了。

眞要命，我居然被自己的眼淚淹醒。

一察覺眼淚實在氾濫得不像話，跳起身，急著抓了條毛巾，開燈，對著鏡面，輕輕按了按眼眶周邊的淚漬，小心吸乾，怕破壞了眼皮上膠帶的黏性，仔細檢查了位置，還好，雙眼皮還在原來固定的地方。可是膠帶裡咬住一些剛剛從夢裡傾倒出來的淚水，鹹鹹的，有點刺，慢慢乾去後就覺得越來越痛，糟糕，一定是有傷口潰爛了，白癡，我不知道爲什麼要夢見卡夫卡，寫〈卡夫卡變蟲記〉的作者一定把我們當作白癡，爸爸媽媽本來就是一些根本沒時間管我們的「工作動物」，才不會因爲孩子變成了蟲掛在天花板上就急著進來抱抱他，要不然，椿腳怎麼辦？票跑掉怎麼辦？選舉怎麼辦？更不可能這樣隨便被抱一下，蟲蟲就會變回小男孩。

白癡！如果不是作者把我們當作白癡，那麼一定是作者本身就是白癡。哎喲！要命，眞不應該做夢的，做夢也不應該流眼淚的，眼皮上的刺痛轉換爲抽痛，一時忍受不住，我根本沒辦法用腦子思考，衝到冰箱邊，抓了把冰塊往眼皮上一敷，打了個冷顫，稍稍止住抽痛，才又察覺到，不應該碰到水，怕膠帶脫落，天哪！白癡，我才是眞正的白癡！

我又急急忙忙抓起毛巾按了按眼眶周邊，小心吸乾水分，更小心地替我的魔法雙眼皮定型。突然想到，這雙眼皮如果想到它就要出生在白癡主人的眼睛上，一定很難過。拜託，我一定得學聰明點。我決定不要再睡覺了，免得那些奇奇怪怪的夢又自動跑進來，待會兒我可不想變成瑪麗亞被關進瘋人院，萬一我亂嚷亂叫，一揮手就把雙眼皮抓下來，那就虧大了。

接下來，聽ＣＤ、拚漫畫、看日劇韓劇，到底我要先做哪一樣呢？翻了翻幾片ＣＤ和ＶＣＤ的包裝說明，沒什麼特別想聽、想看的，還是覺得，應該先吃碗泡麵，才剛想泡個麵，忽然聽到老爸老媽回來的車聲，立刻熄燈，不能讓他們找到理由闖進房間，老媽一進來準撕掉我的雙眼皮膠帶，反正他們這樣透支體力，身體早就撐不住了，一洗完澡保證呼呼大睡，雖然躺在床上無聊得要命，還是提醒自己，撐一會就夠了，不能睡，不能睡，千萬不能睡……

一醒來，居然中午。非常吃驚，明明下定決心不睡覺的，怎麼可以又這樣糊裡糊塗地睡著呢？跨進浴室，一看到鏡子裡的自己，忍不住慘叫，天哪！這是什麼世界？怎麼會？我怎麼會變成這個樣子？

下意識遮住臉，一會，才慢慢從指縫中偷看自己，果然，沒有錯，有一顆好大好大的爛痘子，不偏不倚，端端正正地長在鼻頭上，超醜，鼻翼邊細細一排小痘子，隨時準備要搶攻我的臉。怎麼會這樣？才一個晚上沒睡好耶！上帝如果是萬能的，為什麼要製造出青春痘這種一點好處都沒有、只會讓人浮起「給我死吧！」念頭的怪東西？

說不定青春痘是對青春的人最大的詛咒。急急洗了把臉，在每一顆痘子發芽的地方塗上曼秀雷敦藥膏，再剪下一小塊、一小塊四四方方的撒隆巴斯，每一顆小痘子都貼上一塊撒隆巴斯，耳朵邊響起那麼多人都在說：「這孩子長得多好看呀！」、「這孩子長得多好看呀！」、「這孩子長得多好看呀！」……

天哪！他們為什麼都要這樣諷刺我？他們一定都故意聯合起來嘲笑我。眞想哭。可是一哭，又要害雙眼皮膠帶再被水淹一次，一

定不能再哭了，對著鏡子，我看見鏡子裡的我，又累又孤單，小瑤下了課打電話來，我也不接，不想讓她看見這眼皮潰爛、滿臉紅腫痘子的我。

簡直快活不下去了。忽然體會到，什麼叫「心碎」的感覺。

再忍個幾天吧！忍沒幾天就因爲孤單分外想念起小瑤。才幾天沒接她的電話，她已經沒再掛電話來了，光是冷冰冰地在mail裡灌笑話傳給我，天哪！現在的我看什麼笑話都笑不出來了。

沒有電話就沒有電話，反正我早就知道，這世界上誰都是孤單的，誰都只有自己一個人。靠自己就靠自己。努力替自己打氣，把音響開到最大聲，胡亂跳著舞。

因爲不定時地抽痛，睡得越來越少，連鏡子也沒力氣去照，幾乎沒有打開過窗簾，已經沒有心情管它是白天還是晚上。

意識有點渙散，要不要看片子呢？小瑤常常說，看過「藍色生死戀」和「愛上女主播」以後，韓劇眞沒有什麼好看的，我想也是，要不然爲什麼每一部韓劇都只看了開頭一兩片就抽掉。好難過。想看爆笑的日劇，小瑤特別推薦很好笑的「女主播」和「大和拜金女」，我都笑不出來，連調皮的V6演的「Y世代旅程」，居然也看不下去，還是最喜歡深田恭子的「神啊！請多給我一點時間」和「草莓蛋糕物語」。

「草莓蛋糕物語」已經重複看兩遍了。一個人握著大把大把的時間又不知道該做些什麼的時候，眞的很可怕，腦子裡空空的，光是煩，頭殼邊刷刷刷刷地有不確定的異種在爬，又覺得有一股呼吸不過來的悶，堵住心口，彷彿下一秒鐘就要抽搐。越來越不想打電話給小瑤了，連她寄來的mail都直接殺掉，開始懷疑，她喜歡我什麼？我們只是一起招搖地晃過一條街又一條街，罵老師，罵同學，看電影，吃東西，作弄店家，買一些永遠用不到的小玩意……，爲什麼我們都不像電視劇上演的，有很多心事、有很多小祕密可以說個沒完？我呢？我又喜歡她什麼？說眞的，我好像也不太了解小瑤，不太了解什麼叫死黨？

像白雪公主裡的後母，我覺得自已越來越壞心。

再忍個幾天吧！說不定可以再看第三遍「草莓蛋糕物語」。可是，過不了兩天，眼皮上的抽痛已經痛到忍都忍不住的地步。好像一個人被丟在再也不會有人經過的荒島，海水冷冰冰的，衣服很多，可是怎麼穿也不會暖，體溫一點一滴流失，額頭上越來越燙，像一團妖火，詭異地藏在我的額頭上暗暗焚燒起來。

意識渙散，開始在沒有人的屋子裡放聲大哭，已經管不著雙眼皮膠帶是不是還在原來那個位置，像長江黃河桃芝颱風土石流那樣不能控制的淚水，氾濫在整張臉上，竄啊竄地，痛到最後，只能用放聲大哭的緊繃聲帶來對抗整個上半臉部的椎刺和抽搐。明知道打掃阿姨請假出國，大白天屋裡根本不會出現別人，還是拚命嚎叫著：「救我，誰來救救我啊！老天爺，上帝，耶穌，聖母瑪麗亞，媽祖，佛陀，觀世音菩薩！救救我，快，來救救我啊！」

難怪暗夜裡的野狼喜歡嚎叫。身體裡有一種鬆弛奔騰的快樂，沿著皮膚上每一個細胞僨張出來，我開始放肆地摔東西，沒有意義地嘶吼，痛快地流淚，東顛西撞，摔落在不知道家裡的哪一個角落，癱在地上，動彈不得，也不知道過了多久，終於，有人扶起了我。很溫柔很溫柔。眞不敢相信，是誰，到底是誰來救我？我抓住他，開始不顧一切地尖叫：「痛死我了，我眞的就快要痛死了呀！」

「你這是做什麼呢？」奇怪，是姊的聲音。那個只管讀書、根本就不甩我的姊姊，什麼時候變得這麼溫柔？我因爲認出她的聲音而幸福著，終於，我離開那個又冷又冰的無人荒島了，抓住姊姊的衣服，不知道爲什麼，我更加放肆地嚎哭起來：「我沒做什麼呀！我也沒有害誰，我就是想在眼皮上用膠帶貼出雙眼皮而已嘛！」

「用膠帶貼出雙眼皮，這樣就會有雙眼皮？」姊太吃驚了，拿了冰袋敷在我的眼皮上，讓我的痛覺稍稍被冷凍起來，再輕輕擦去水分，仔細打量我的眼睛：「嗯，眼皮都受傷了，是有可能會皺下去，等上眼皮蓋下來，說不定眞的會成功！」

「好痛。」我慢慢止住哭，嘟起嘴，想到自己有可能是在向姊姊撒嬌，覺得有點肉麻。其實沒有那麼痛了，可是我想讓她知道，我曾經很痛很痛。怎麼會忽然不覺得那麼痛了？也許是因爲身邊有

人讓我放心了，不再害怕自己會因爲疼痛無聲無息死去；也許是因爲姊姊在我身邊，我覺得很溫暖，不用再自己一個人了！

本來完全無效的冰敷，因爲姊那溫柔的手，神奇地鎮住了我的痛楚。姊沖了杯牛奶，小心地倒了顆鎮定劑給我：「好好睡一覺！什麼都不用擔心，只要想著，等你一醒來，醜小鴨就變成天鵝了！」

「不是，是大甲蟲變回小男孩了！」姊還搞不清楚我在說什麼，嚎哭得太久的我，早已經昏昏欲睡，迷迷糊糊中還依稀感覺，姊姊細心地在我的眼皮上搽著消炎藥膏，涼涼的，像躺在夏天晚上的院子裡，松樹好大好大，穿透松樹針葉縫隙，看得到星星滿天。忽然想到，變成大甲蟲掛在牆上的卡夫卡，被爸爸媽媽親了一下以後，是不是就像現在的我一樣，甜甜地、甜甜地睡著了。

三、照顧別人是一種快樂

我喜歡姊姊。

躺在床上，慢慢回想著，這些天一直只有一個人關在房間裡，不知道雙眼皮會不會成功？不知道眼皮會不會爛掉？不知道昏迷的時候會不會就這樣痛死了？一直吃得很少，一大堆好吃的泡麵，根本痛到吃不下，有時候還想，說不定等老爸老媽發現我的時候，只剩下一張人皮包著一堆骷髏，人們在我墳墓上寫著：「這個漂亮的小女孩爲了減肥活活餓死。」沒人知道，我是爲了一雙，魔法雙眼皮。

可是，現在不一樣了！因爲，我有姊姊。我好喜歡在睡覺前有人沖一杯牛奶給我喝，好喜歡有人蹲在我的床沿，溫柔地看著我甜甜睡去，好喜歡在似睡非睡、似醒非醒之間，有人輕輕替我搽藥，爲我懷抱著希望，祝福我一醒來醜小鴨就會變成天鵝。

被人照顧，眞的很快樂，一個人的生活和兩個人的生活，確實很不一樣耶！醜小鴨，眞的，變成天鵝了！腦子裡開始響起天鵝湖優雅的音樂，輕輕躺在枕頭上跟著哼，有一種「幸福波」像棉被一樣蓋在我身上，懶洋洋地，讓人一點也不想起床。

賴在床上，攤開手揮舞著，伸出腳，趾尖前後跟著音樂旋律舞動，想像著，姊姊今天應該不會去上課吧？看我昨天那麼慘，她又那麼擔心的樣子，現在她應該是在廚房榨果汁、煎蛋，做總匯三明

治……吧？待會兒她把早餐端進來，我只要伸著懶腰，瞇起眼睛，對姊姊溫柔溫柔地笑，然後拉長了聲音吁嘆：「啊——，姊，我眞的好喜歡好喜歡你！」

像漫畫裡所有美麗善良的小女孩，最後終於過著幸福快樂的日子。我開始迫不及待地在腦子裡猜想著姊姊會做什麼早餐給我吃。總匯三明治？萬一沒有生菜呢？兩個水煮蛋？要是剛好蛋用完了呢？烤麵包總有吧？還是很沒創意地，一大早就泡泡麵？屋子裡靜悄悄地，會不會姊姊跑出去買饅頭豆漿？蛋餅？飯糰？還是更遠一點，去買我超愛吃的紅豆麥餅……，哎喲！眞不能再想下去，越想肚子越餓，也許昨天的消炎軟膏發揮作用了，一覺得眼皮沒那麼痛，肚子就餓得很難受。可是，姊姊哩？我美好的早餐哩？

過了中午，早餐還沒送來。

終於我不得不相信，姊姊還是照平常的規矩去上課。姊姊去上課了。姊姊去上課了！不知道爲什麼，我開始不能控制地掉著眼淚，應該是因爲眼皮還在痛的關係吧？

一想到我那搞到一塌糊塗的眼皮，想到姊姊搽的消炎藥膏，想到我以爲這個世界上只有姊姊最愛我的「愛心早餐」，我居然哭到連午餐也不想吃。哭著，哭著，該死，我想我應該是睡著了。才打開眼睛，黃昏的光線快收盡了，我聽到開門的聲音，是姊姊，忽然，不爭氣的眼淚又掉了下來，我眞不敢相信，我都這麼慘了，姊姊還是像平常一樣，下了課，先在院子裡讀一會書，直到光線不夠亮了才進門。

她眞的，一點都不擔心我嗎？

我擦乾眼淚，擤了擤鼻涕，吸吸鼻子，勇敢地告訴自己，其

實，這眞的沒有什麼，反正，她也不知道，我差一點就死掉了，待會她進來看我的時候，我一定要別過頭去，不理她，讓她後悔，她這輩子少了一個很愛她很愛她的妹妹了。

屋子裡很靜。我聽到姊姊像平常一樣，用微波爐熱晚餐吃。那我呢？我沒有吃早餐，沒有吃午餐，現在連晚餐都沒有吃，姊眞的沒想到我嗎？爲什麼呢？爲什麼昨天她才這樣溫柔照顧我，今天什麼就都不算了，爲什麼才過了一天，我們又得回到原來那種什麼都沒有的冷冰冰的生活？爲什麼？

不想一個人再繼續這樣無聊地想下去，我太生氣了，以至於根本沒有多想什麼，光是殺氣騰騰地抓了個大枕頭衝出房間，以一種戰鬥女神的姿態在姊吃晚餐的小茶几前站定：「吃，吃什麼吃？我呢？你爲什麼就沒想到我要吃什麼？」

「你要吃什麼？」姊倒像嚇了一大跳：「你房間裡不是堆滿了零食、泡麵？這些天你不都是自顧自就吃飽了？」

「可是，現在不一樣了啊！」我大聲反駁，忽然又很慚愧，現在到底有什麼不一樣呢？但是，一回想到昨天我痛到差一點昏倒死去，一下子又變得理直氣壯：「你，你明明知道我是個病人！」

想到自己是個這麼可憐的病人，姊還不管我，越想越覺得傷心，鼻頭一酸，眼眶跟著紅了起來，眼淚還來不及掉下來以前，姊一邊吃著速食包倒出來的義大利麵，一邊盯著她的書看也沒看我，只是冷冰冰地應著：「你不是什麼病人，昨天我幫你搽藥膏的時候就知道你的眼皮快要結疤了，你只是個愛漂亮又膚淺的孩子，願意付出一切代價去交換那看起來很蠢的雙眼皮。」

「很蠢的雙眼皮？」我失控尖叫，想到很久以前和小瑤說過的：「愛漂亮本來沒有罪，但是，愛漂亮又不會讀書的人，一碰到很愛唸書的孩子，全被比得一無是處。」

果然就是這樣。我恨恨地盯住姊，雖然她一直沒有正眼看過我，我卻立志要用噴火的眼睛看得她燒出火焰來。我沒再說話，光是用盡全身力氣盯住她。好久，她好像也覺得不對勁，才一抬眼，嚇了一大跳：「你幹嘛？」

「你眞狠心。其實那天在院子裡你早就聽到我和小瑤在討論如何貼雙眼皮了，對不對？你故意不說，就等著看我那很蠢的雙眼皮！我當然知道我很蠢，你哩？你又有多完美？爲什麼你都不能像別人家的哥哥姊姊那樣努力去愛自己的弟弟妹妹？像阿歡，他是不會讀書，又怎麼樣？他好愛他弟弟，不像你，你是一個資優生魔鬼。」我抱緊我的枕頭，覺得自己好傷心，姊卻繼續咀嚼著她的義

大利麵，一邊用力刮著盤子上最後的醬汁、一邊無所謂地應著：「信不信隨你，那天在院子裡我什麼也沒聽到，我從來不在乎這棟屋子裡的人說什麼、做什麼，反正我一在經濟上獨立了，就要立刻搬出去，是不是資優生魔鬼都沒關係，根本沒人在乎。你呢？你看看你自己，難道有一點點像天使嗎？就算是，也是一個愛漂亮的草包天使。」

「要你管，要你管！」我眞的好傷心，聲音拔尖到不知道是平常的幾百倍：「再草包的漂亮天使，也比討人厭的資優生魔鬼好一百倍，小時候，誰都喜歡帶我出門，說我可愛，你忘了嗎？你因爲舅媽說你怪里怪氣的，再昂貴的裙子也給你穿得像沒人要的孩子似地，你也不看看自己那張臭臉，還氣得一回來就抓了把剪刀把那條裙子撿得破破碎碎的，討老媽一頓打。你都忘了嗎？」

空氣，好像被人施了魔法。冷凍在那裡。

姊停下刮盤子的動作，臉色一層、一層褪得白白的，白白的，看起來很可怕，沒有半點聲音。我開始沈靜下來，有點慌，像心裡突然掏出一個空洞，有風，冷颼颼地穿進，穿出，血紅而脆弱的臟腑肌肉都微微打顫。很後悔。人爲什麼常常脫口就會說出那麼多不聰明又刻薄的蠢話呢？

那件事姊還是忘了比較好。從那之後，姊就變得陰陽怪氣的，從來不穿裙子，不和任何親戚家人講話，當然，也不再任憑老媽打扮。難怪小瑤沒事都覺得我笨。我是眞笨。怎麼連該不該說這些話都搞不清楚呢？可是，後悔有什麼用？我很確定，什麼不該講的話我都已經講完了。

好害怕，不知道自己究竟闖下了什麼禍。很少注意我的姊姊，

難得地，盯住我，一直一直盯著我，眼珠子的顏色慢慢變藍、變紅，完全像個假人，看起來有點妖異。我有點吞吞吐吐地哀求：

「對不起，眞的對不起。」

姊從佈滿紅絲的眼底靜靜流下淚，也許是反光的關係，眼淚居然也是紅的，讓人有一種錯覺，以爲她流出來的是，傷心的血。我好害怕，不知道接下來會發生什麼事。沒想到，什麼都沒有，她站起身，開始收拾小茶几，抽了幾張面紙把桌面上的油漬擦乾，把餐盤碗筷收進廚房流理台的水槽裡，通常她都會順手把碗洗好，免得增加打掃阿姨回來以後的麻煩，可是，她好像魂魄都走遠了，規則和秩序飄飄盪盪，我發現她沒有洗碗，也沒有回到房間，像幽靈一樣，飄到院子裡那棵大松樹底下，伏在樹幹上，壓著聲音，像刀子割過玻璃那樣，又尖又銳地小聲哭了起來。

我不知道，到底我應不應該靠近她。

眞的不知道，她爲什麼要這樣哭？批評她的舅媽算什麼？我們本來就很討厭那種大人，總把孩子當作沒有生命的展示品，整天評頭論足，即使沒有經過這件事，我們也一向都不歡迎她；那件怪里怪氣的洋裝都剪掉了，不是剪得很痛快嗎？媽在老爸參選以後，根本沒有時間管我們穿什麼，她常常在過年的時候鄭重地向我們道歉：「孩子們，謝謝你們，這麼乖，這麼懂事，媽媽不能好好照顧你們，心裡眞的很愧疚，可是你們要知道，爸爸需要媽的幫忙，過幾年等爸眞的不選舉了，媽一定會好好補償你們。」

那時候眞的很小，還會不斷纏著老媽問：「什麼時候？爸什麼時候會眞的不選舉？我不想要一個愛選舉的爸爸，我要爸爸媽媽送便當到學校給我吃，別的同學都是爸爸媽媽送便當，爲什麼我的便當每天都是不一樣的阿姨叔叔送來？」

媽總是說我胡鬧，還是姊姊比較乖。可是，姊姊眞的很乖嗎？她總是面無表情，好像根本沒聽到媽在講些什麼。似乎就像她說的，她做得到，不去在乎這屋子裡的每一個人在說些什麼、做些什麼，這樣的姊姊，就叫做「很乖」嗎？

當然，後來我就知道了，大人的世界很像在「過五關」，選過代表還有議員，選過議員還有立委、市長，除非落選了，否則，老爸會一直一直選下去，直到有一天他終於發現，選民不要他了，那時候，我們也不需要他們的補償和陪伴了。

所有我們在乎過的，不在乎的，舅媽，衣服，打過姊的老媽……

……，這些事情不都早就過去了嗎？爲什麼？爲什麼姊還要這麼傷心？我放輕步伐，小心走近姊姊，很奇怪，忽然想到林老師他那鬼

鬼祟祟的樣子，說不定他就是我現在這種心情。

當我們很想關心一個人、照顧一個人，又害怕被拒絕的時候，是不是都會變成這個樣子？天哪！我眞蠢，不知道有多少次我一看到他這個樣子，就在心裡罵一聲「賤」，可見「賤」這個字實在太低級、太噁心、太沒見識了，只要待會姊不要對我太惡劣，我發誓，從此時此刻開始，我絕對不罵人、不講髒話，當然我要在我的字典裡，全面殺掉「賤」這個字！

可是，越走向老姊我就越緊張，本來想抱抱她，又怕不知道會發生什麼驚天動地、不能事先想像的意外，靠近她身邊時我發現自己在顫抖，還是不敢伸出手去抱她，想都沒想就把我的大枕頭遞給她。

姊接過枕頭，軟軟的枕頭像一張大大的臉。她把自己冰冷的臉

頰貼在溫暖的大枕頭上，整張臉埋進枕頭裡，直到誰也看不到她的臉以後，再沒有那種壓抑、尖銳的哭聲了，她開始，盡情地、放縱地大聲哭起來。

我一直坐在姊姊旁邊。

松樹好大好高。姊的哭聲慢慢停了下來。風一吹，我聽到松樹的針葉沙沙沙沙地在頭頂上掃過來掃過去，好像松樹爺爺拈著長長的鬍鬚，什麼都看在眼裡，一直陪在我們身邊。

也許姊喜歡待在院子裡，待在這棵松樹底下，並不是因爲她很怪，是因爲，松樹很疼她的關係。這樣想起來姊比我幸福。我都不知道有誰眞正疼過我。想起來我眞的很可憐，姊有她的松樹，才不稀罕我陪著她，覺得自己很沒意思，站起身，到浴室替姊擰了條熱熱的溼毛巾：「嘿，好一點了吧？擦擦臉！」

「謝謝！」姊舔舔唇，不看我，看起來有點不好意思。我乾脆好人做到底：「我先去幫你放一缸熱熱的洗澡水，泡一下澡，你會覺得，大哭特哭，根本不算什麼，我一年三百六十五天要哭超過四百次呢！」

說也奇怪，我們家這位怪怪大小姐怎麼變得這麼聽話？她眞的去泡澡了。伸了下舌頭，眞震撼，還不知道姊有一天會聽我的話哩！

趁著姊在泡澡，我把流理台水槽裡的碗筷洗好。第一次體會到，照顧別人是一種快樂！很想唱歌，可是我要忍著，可不能讓姊以爲我在幸災樂禍。接下來要做什麼呢？想了想，雖然有點緊張，我還是決定勇敢地敲敲浴室的門：「姊，記不記得小時候我們都一起洗澡，你會幫我抓癢，我會幫你刷背背？要不要讓我進去？那麼

久沒替你刷，你的背一定很髒！」

沒人應聲。忍不住苦笑，反正我做過的蠢事已經夠多了，不差多這一樁。才想離開，聽到姊隔著門悶聲說：「不要，又不是小時候，我們都不是小女生了。」

「嗯！」我變得好高興，姊沒再生我的氣了：「對不起，我以後不會再惹你不高興，好好休息，晚安！」

我泡了碗泡麵，從來沒吃過這麼好吃的泡麵。放了CD來聽，忽然覺得小瑤挑來的音樂都好棒！才想看片子，姊在敲門：「睡了嗎？」

開了門，愣了一下，姊抱著枕頭站在門外，看起來有點窘迫不安。我裝出「這也沒有什麼」的樣子，把她拉了進來，找她一起看第三遍的「草莓蛋糕物語」。眞遜，這麼會讀書的姊，居然沒看過

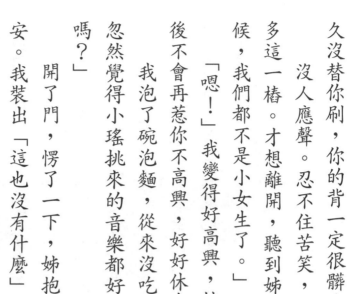

深田恭子。我一邊劇情簡介，一邊心得報告，心裡很得意，想不到姊還有那麼多不懂的事需要我介紹。

好像忽然發現，能夠幫助別人，眞的是一種快樂！我怎麼那麼蠢，老想著姊如果愛我，就必須爲我做這個、做那個，那不是快樂都讓別人享用了嗎？我才不是那麼呆的人哪！

在姊還專心看著電視的時候，我開始認眞計劃著，明天要早一點起床，榨果汁、煎蛋，做總匯三明治……，讓姊姊伸著懶腰、瞇起眼睛對我溫柔溫柔地笑，然後拉長聲音吁嘆：「啊——我好喜歡好喜歡你！」

四、所有的意志力要放在什麼地方呢？

計劃要做好吃的早餐，卻因爲枕頭太軟棉被太鬆姊姊又太奸詐的關係，什麼都泡湯了。一張開眼，近中午，姊姊上學前特別買回來的紅豆麥餅也都冷了。哼著天鵝湖的旋律起床，發現，姊姊在電腦裡mail給我一封信，哼，一定是利用電腦課偷雞摸狗夾帶進來的：

「喂……（一看到「喂」就特別高興，在我們不講話以前，姊都叫我喂！）

起床啦？一定快中午了吧！（眞厲害，姊怎麼會知道呢？）加油！好好堅持下去，我看你的雙眼皮快要成功了！

小時候，大家都說你漂亮。有好吃的、好玩的，每次都只有你一份，我總是被忽略在角落裡。那時候爸剛要出來選舉，連拜票，他們都帶著你。你一定不記得了，我常常趁你睡熟以後，用力壓癟你的鼻子，或者，狠狠地掰開你的嘴要讓它變大變醜，直到你痛得哇哇大哭醒了過來（哇？眞的嗎？我都不記得了）。最近，看著你的眼皮腫成這樣，又潰爛到那麼恐怖的地步，而你仍然堅持下去，我開始相信，漂亮，是跟著你的意志力被帶到這一輩子來的。

消炎藥和消炎藥膏都放在床頭櫃上，記得吃，記得擦，我想再拖個兩三天，你就可以漂漂亮亮出門了！（眞的嗎？）

我也要開始想一想，我所有的意志力，要放在什麼地方呢？」

「我所有的意志力，要放在什麼地方呢？」姊這樣一問，我忽然覺得很丟臉，難道，我眞的要把所有的意志力，放在一雙膠帶貼出來的造假的雙眼皮上嗎？

如果不只是這樣，我還可以做些什麼呢？

在姊下課回來以前，我一定要找出答案。究竟，我可以和誰一起討論、一起商量呢？眞奇怪，不知道爲什麼，居然在這樣的時候我會想起阿歡。

阿歡一定還在西城萬年廣場。

一想到阿歡我就迫不及待地衝到西城萬年廣場。沿著一條街又一條街，一路大聲地嚷：「阿歡，你在哪裡？阿歡，聽到了嗎？阿歡，你在哪裡？」

天快黑了，四周開始有一些暗影倏地閃過。好像有什麼跟在我身後，踢踏，踢踏的聲響，有時候小聲，有時候又配合著我的速度跟著急切起來，不知道是著急還是害怕，我喊得越來越大聲，而且就快要哭了：「阿歡，你在哪裡？阿歡，聽到了嗎？阿歡，阿歡！到底你在哪裡？」

不敢相信，我居然蹲下來，眞的大哭特哭起來。

「我不是告訴過你，不要再到這個地方來了嗎？」阿歡在我身後，慢條斯理地問：「小姐，請問你在幹嘛？」

我迅速站起身，不敢相信地瞪大眼睛：「你一直跟在我後面？」

「嗯！」阿歡懶洋洋地靠在髒兮兮的牆上：「可是你又不肯回頭看一下，又有什麼辦法？」

「臭阿歡，死豬阿歡，口蹄疫阿歡，賊頭賊腦的阿歡……」一連串罵了下來，耶？忽然發現，怎麼沒有順口罵出那個「賤」字。我眞的在自己的字典裡殺掉很「賤」這個形容詞了。眞好！我突然笑起來，笑得讓阿歡都覺得莫名其妙。現在才注意到，阿歡逃學、抽菸，一定也試過那些安非他命大麻搖頭丸什麼的，可是他從來不罵髒話，眞的耶！他不罵髒話，不打群架，常常若有所思地一個人靜靜坐著，看起來對自己、對未來，好像都很有把握的樣子！

是不是只有不愛自己，也不被任何別人愛的孩子，因爲對未來覺得無所適從，才會張口閉口「賤」哪！「屁」啦！「蠢豬」、

「狗屎」、「白癡」！罵個不停？

我就是這樣。一點也不愛自己，當然也覺得誰都不愛我，當我張口就罵「賤」、「屁」、「蠢豬」、「狗屎」、「白癡」的時候，其實沒有說出來的是，我覺得自己也只是賤、屁、蠢豬、狗屎、白癡，或者更慘，什麼都不是。

眞恐怖！讀幼稚園的時候，老師在調解我們吵架時，總是重複一句話：「罵人就是罵自己！」

一上小學我們就覺得，發明這句話的人眞蠢，罵人就是罵人，被罵就是被罵，怎麼可能罵人就是罵自己呢？現在才發現，是眞的耶！罵人就是罵自己，那麼，才罵過阿歡的我，一定變得很臭，很死豬，很口蹄疫，很賊頭賊腦囉？

偷偷看一下阿歡，這才想起來，我，的，天，哪！我怎麼會在

這時候跑出來找一個雙眼皮這麼深、這麼漂亮的男孩子？我的眼皮還爛糊糊的，漿著一層硬梆梆的消炎軟膏。

眞是瘋了，眞，是，瘋，了！

迅速挪到街角暗影底下，垂下頭，儘量側著身子斜斜地背對著阿歡，希望在路燈照不到的角落裡，藏住我的爛眼皮。可惡的阿歡，存心不讓我好過，他大踏步走近，托起我的下巴，皺起眉，不知如何形容地吸著圓圓的嘴問：「嘿，你眼睛怎麼啦？」

天——哪——！如果沒有一個地洞可以讓我在此時此刻鑽進去，永遠不要出來，那我寧願，就在，現在，立刻死去。

可是，沒有地洞，眼看也不容易立刻死去。背轉身，向著牆，我打定主意，永遠，不打算回過頭來。阿歡好像察覺到我的決心，很快轉移話題：「好好好，大小姐，天都黑了，你總該告訴我，爲什麼要這樣沿著大街小巷大呼小叫了吧？」

當然沒有事我是不可能這樣大街小巷大呼小叫的，可是，現在我不想說。向著牆，我意志堅定，永遠，不打算回頭。只要阿歡一離開，我就要回家，這地方眞不是我應該來的。我發誓，眞的發誓，我，永遠永遠，不會再到這個地方來。

討厭的阿歡，還不走開。他到底要在這個又臭又暗的地方站到什麼時候呢？如果他不走，我眞的要站到天亮嗎？如果我投降了，必須要先走，難道又要讓他再看一次又腫又恐怖的眼皮嗎？天哪！絕對不行！就這樣僵下去好了，站到天亮也沒關係，反正，我多的是時間。

咦？誰？是誰在牽我？好軟，那是阿歡的手嗎？眞沒想到，那麼高又那麼壞的男孩子，會長著一雙這麼溫柔的手，溫柔到連我都

忘記了，一定要把他的手甩開，還傻傻地被他牽著往外走。他忽然出聲：「你怎麼會變得這麼瘦？最近很少吃東西吧？」

就像故意要配合他的「演說內容」，我那不爭氣的肚皮，跟著發出一聲奇怪的咕嚕響，阿歡忍不住笑了起來：「你聽，肚皮都急著說，對呀，對呀，對呀！」

我被他一逗，還眞的大聲笑了起來。走在前面的阿歡，一定發現我太在乎臉上那腫腫的爛眼皮，一直沒有回過頭來，只是牽著我的手，不斷不斷地往前走。他買了兩個便當，帶我到公園，涼亭已經先被一隻混血的小土狗佔住，阿歡難得溫柔，低下身嘖嘖招呼著：「小狗，來，一起來吃便當。」

「眞好，可以和你一起吃便當！」他抬頭對我笑笑，怕我又想起紅腫的眼皮，很快又低頭逗著小狗：「怎麼啦？你們家主人呢？

是不是貪玩沒跟上車啊！」

「你怎麼知道牠有主人？」我不是故意要唱反調，只是很好奇。他向我招招手：「你看，牠的兩個耳朵都被裁開一小個分叉，一定是很喜歡牠的主人特意留下來的記號。只可惜，這小狗太小了，公園又太大，玩一玩就迷路了！等不到牠回來的主人，一定也找得很心急。」

阿歡抱著牠，悵悵地看著遠方，沒再說下去，不知道是替主人還是替小狗難過？忽然覺得，這個大男孩好像比我還溫柔耶！故意輕鬆起語氣，想讓氣氛快樂一點：「嘿，去洗手吧！我把便當分成三份，你看那小狗蹲在那邊黑漆漆一團，還眞不容易辨識，啊！小狗就叫小黑好了，乖乖，小黑，我們一會就要開飯了！」

「小黑？」阿歡皺起眉：「這名字怎麼一點也沒有文學氣質？」

「有美術氣質啊！」我笑瞇瞇地應，從小黑出現後，幾乎快忘記我那不能見人的眼皮，還變得很八卦，像學校的女同學在向林老師撒嬌那樣：「喂，說一說剛剛爲什麼覺得和我一起吃便當眞好！」

「有嗎？」阿歡很吃驚。我更吃驚，他怎麼可以這麼健忘？更是一口咬定：「你剛剛才說的。」

公園的燈不是很亮，我卻清楚看見，阿歡慢慢、慢慢地紅起臉，害我一時跟著慌起來，咚咚咚咚的心跳聲，恐怕連相隔兩條街外的車站裡的旅客都聽到了！眞不知道接下來該怎麼辦？還好，小黑忽然從涼亭椅子上跳下來，對著剛分好的三份香噴噴的便當，汪汪汪叫了起來。

「眞像我弟！」阿歡笑得好開心，還眞的就說了爲什麼喜歡和我一起吃便當的理由：「你把便當給了我弟那時，就很想找你一起

分享我的便當。可是，學校裡男生和女生都不說話，我怕人家笑，一直沒有告訴你，現在，我們終於一起吃便當了，還加上超像我弟的貪吃小黑。」

我敢發誓，一輩子沒吃過這麼好吃的便當。好快樂。眞的好快樂好快樂。人在快樂的時候是不是都變得傻傻的，怎麼腦子裡空空的，光覺得星星這麼漂亮！公園這麼漂亮！小黑也這麼漂亮。我忽然那麼確定：「我要帶小黑回家。」

「那怎麼行？萬一牠主人回來找牠呢？」阿歡非常遲疑。我卻越加堅定：「每個禮拜天，我會帶牠到公園玩。如果牠的主人眞的回來找牠，一定有機會看見牠！」

「不用和家裡人商量一下嗎？」阿歡還眞多問題。不過，什麼都不用擔心，他太不了解我們家了：「家裡院子很大，老爸老媽很少在家，暫時都不會發現，夜裡小黑太吵，會以為是鄰居養的狗，等小黑待在家裡的時間一長，成了既成事實，我老爸通常就都算了！」

「養一隻狗，真的不是那麼容易決定的事。」阿歡快要生氣了：「你看街上那麼多流浪狗，就是因為有太多像你這樣一時興起，覺得小狗可愛就沒有多加思考的主人，等到新鮮期過了，又懶得帶小狗洗澡、散步、大小便、看醫生……，還不是丟了了事。」

「阿歡，這是我第一次叫你的名字，不是欸啊喂的亂叫一通，我要你認真地看著我，雖然我知道現在的眼睛很醜很醜，可是，你看著我的眼睛時，會覺得我就是你說的那種人嗎？」我有點害怕，怕阿歡真覺得我就是這種人。阿歡果真一直看一直看。看了老半天才說：「無論你眼睛腫到什麼地步，怎麼樣我都只看見你蹲在地上

逗我弟弟吃飯的那個樣子，也許，小黑遇到你，是牠的幸福吧！」

「不是這樣的。我相信是我遇到小黑，才看見我的幸福。你知道嗎？急著要找你，是想要問你，你所有的意志力，會放在什麼地方？你會不會剛好也知道，我所有的意志力，要放在什麼地方呢？」我抱著小黑，很幸福很幸福地嘆了一口氣：「現在，因爲小黑，好像突然知道了，我要把所有的意志力，所有的時間，所有的努力，都放在一個可以好好去愛、好好去照顧別人的地方，以前我怎麼從來沒有這樣想過？老是怪爸媽太忙，怪林老師不關心我，怪姊很自私，怪小瑤不肯一直打電話來……，哇！如果眞要怪的話，我們連水溝和紅綠燈都可以找得到怪他們的理由呢！」

「對呀！水溝好髒，紅綠燈太多，你的話又這麼囉唆！」阿歡一說，我才作勢要揍他，他早已跳起身呼嘯一聲跑出涼亭，小黑立刻追了出去，一人一狗在星光草坪上玩了起來。我也不甘示弱。從書包裡找出墊板當飛盤，輕輕一丟，小黑已經漂亮地迴身跳起向墊板追去，嘿嘿嘿，果然會認主人，小黑是我的，心裡沒來由地甜蜜起來。

已經沒心情追問阿歡所有的意志力要放在什麼地方了，心裡惦著要帶小黑回家洗澡。和阿歡約好下禮拜天他帶他弟弟，我帶小黑，大家一起在公園會合，忽然又改變主意：「不要不要不要，還是等我眼皮好一點以後再見面，才不會嚇到你弟弟。」

阿歡很賊，我明明看見他在偷笑，他還一股腦兒強調：「沒有沒有沒有，我眞的沒有笑，公園太暗你看錯了！」

我們算是很快樂吧？

可是快樂怎麼那麼脆弱？一切都被我破壞了。誰叫我那麼多

嘴，眞不知道是哪裡來的靈感，反正我就是忽然冒出一句：「欸，你眞不像個壞人！爲什麼整天混在西城萬年廣場？沒有別的什麼好做嗎？」

阿歡一定很討厭人家過問他的生活方式吧？他臉一沈，沒接話，而且接下來一整個晚上無論我說什麼都不理不睬。就好像我們共同擁有的那便當、那小黑、那星光下的追逐嬉鬧，全部都是假的。傷腦筋，我才不想繼續待在這裡看他的臉色呢！拍拍衣服，無趣地宣告：「我要帶小黑回家了！你不用送我，反正你看了我也不舒服，我看著你就冒氣，這就是報紙說的狂飆青少年現象吧？你們這種人眞可憐，連自己的脾氣都沒辦法控制！」

就算我這樣罵他，阿歡還是面無表情、毫無反應。眞可惡，反正，我已經不想理他了，聳聳肩，吹了聲細細的口哨，招呼小黑回

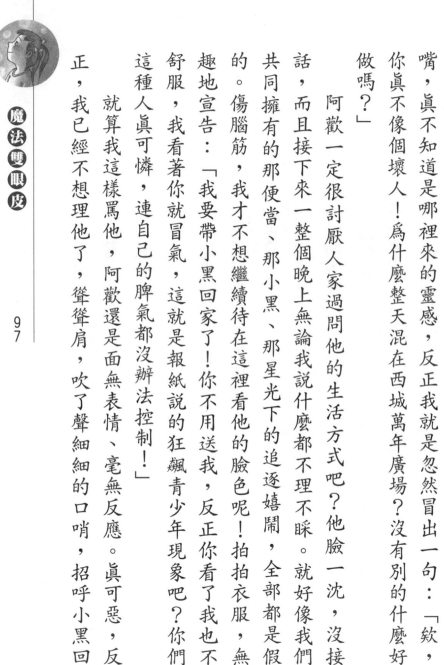

家。小黑眞不怕生。一進屋子裡就衝來撞去，興奮得不得了，牠以前一定是一隻備受寵愛的幸福狗，當然不習慣在公園「露營」，現在可好啦！牠終於又有一個家了。

小狗的聲音，讓一向非常安靜的家裡變得很熱鬧，姊探出頭，小黑猛對她搖尾巴，安安靜靜的姊居然會尖叫：「喂，你怎麼敢？媽不在，你怎麼敢偷偷摸摸帶一隻狗回家？」

伸出右手食指在唇上對姊做了個「噓，不要說出來！」的手勢，怕影響小黑的心理發展。嘿，這時候才發現，我還眞像牠媽。

總覺得，小狗從一出生就開始聽人話，當然精通人類語言，絕對聽得懂人們在議論牠什麼。我既然帶牠回家，一定要讓牠感覺到「家庭溫暖」，才不會像老媽那樣，一年一年道歉，一年一年愧疚，一年一年承諾著以後要彌補我們，瞧！我們都長大了，長大到可以

收養小黑、照顧小黑，長大到不太需要道歉，不太需要愧疚，不太需要承諾與彌補。

姊嘴巴這樣說，心裡還不是高興得不得了。我們一起在浴室裡替小黑洗泡泡澡，潤絲，吹頭髮，姊還在小黑傻愣愣對著鏡子發呆的時候，使勁掰著牠的眼睛，把牠那大大圓圓的眼睛用力拉成細長形，並且同情地告訴這隻馴良的小狗：「小黑，你的眼睛長得太大了。」

說真的，上學以後，很少看到姊姊笑，難得的機會可以看姊玩得這麼開心，趁她高興，忍不住小聲地問，深怕又像在公園那樣觸怒了阿歡：「姊，這一整天，你已經想到要把所有的意志力，用在什麼地方了嗎？」

「哪有可能這麼容易？」姊嘟起嘴繼續逗著小黑。為了小黑要睡在我房間，姊又搬了枕頭過來。深夜，老爸老媽回來以後，我們膽戰心驚，深怕小黑會因爲認床在家裡狂吠，沒想到，牠超愛這個新家，很快睡得像一隻豬一樣，這樣說也很怪，沒有誰證明過，豬比狗睡得更熟。反倒是平常最愛睡又最會睡的我，翻來覆去，怎麼也睡不著，想到我應該跟林老師商量，到底要怎樣在畢業前選擇一條不要太糟糕的路去努力？要怎樣寫封mail再打電話給小瑤，邀她來看看小黑，和我的蠢蠢雙眼皮？還有，更重要的是，要怎樣讓阿歡知道，我不是故意要管他，我連自己的生活都過得一塌糊塗了，怎麼有能力去過問別人怎麼過日子？

「姊，你睡了嗎？」到最後我不得不輕輕叫：「姊，我告訴你噢！我眞的知道要把所有的意志力，放在什麼地方耶！眞的！你想不想知道？」

「神經！」姊神志不清地翻過身去，懶得理我。我忽然笑了起來：「罵人就是罵自己！」

雖然姊姊根本就沒聽到。不過，沒關係。星星，滿天亮閃閃地這邊說那邊說，他們，全部都聽到了。

五、你喜歡百步蛇嗎？

眼皮結疤以後，黑黑的，醜是很醜沒錯啦！可是不再爛糊糊，看起來沒那麼恐怖了，心裡一直惦著，應該帶小黑到公園繞繞，說不定可以碰到牠的主人回來找牠，一方面又希望，永遠永遠不要碰到牠的主人，一顆心兩端搖搖擺擺，打電話給小瑤，不好意思說我很想她，只好先邀她來家裡看看小黑，還可以一起帶小黑去公園散步。

小瑤眞好心，好像根本沒發生什麼事似地，一下課就來，還很高興地研究我的眼皮：「這幾天開始癢了吧？記住，千萬不要去抓，癢得受不了就冰敷，記住啊！那些老人家不是常常這樣說，犧牲未到最後關頭，更要堅此百忍。」

講到這裡，她自己都忍不住大笑起來，還一定要像個「成熟老小姐」那樣說：「當皮下組織慢慢養強壯了，整塊黑黑的疤會掉下來，完全沒有痕跡，到時候，你就對著鏡子手一揮，變，就變出一雙漂亮的雙眼皮了！」

看小瑤高興的樣子，忽然很感動。她不但一句話都沒有追問我爲什麼不接她的電話，而且一點也沒有發現，我在眼皮爛透了的同時，心也快爛透了，連她都被我抓出來大罵好幾天。眞不敢相信，雙眼皮是我自己勉強要來的，我怎麼想得出那麼多理由來罵姊、罵小瑤、罵林老師、罵老爸老媽？覺得很愧疚，我小小聲地問：「小

瑤，你怎麼都沒追問，我爲什麼都沒接電話？」

「痛都快痛死了，誰還有心情接電話？」小瑤搖搖頭，對著我皺起眉笑：「金牛座眞的像牛一樣。我想，就算我知道這樣長出雙眼皮可以漂亮一百倍我也不幹。那過程很恐怖吧！我拚命替你上網抓笑話，還很遲疑，那時候的你眞的有心情看笑話嗎？」

「沒有。我都直接殺掉mail了！」我老實說。小瑤聳聳肩：「我就知道。改天再傳給你。」

這就是死黨吧？我怎麼會懷疑自己根本不知道，什麼是死黨。如果一直陪在我們身邊的朋友不叫做死黨，還應該叫做什麼？

還好我有小瑤。當我儘管出現千般不可愛的時候，小瑤還是會陪在我身邊。雖然，她常常叫我注意一些很無聊的小事，不過，還眞的很有趣，比如說，從小黑很怕雨她就下了判斷，小黑的主人很

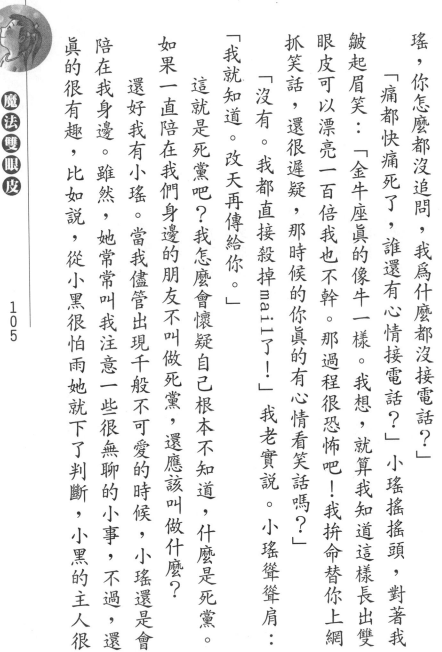

愛牠，才會在牠身上留下那麼多「嬌貴的氣質」。

只要一下雨，小黑就不肯出門。肚子憋尿憋到牠哎哎慘叫，牠也堅持不出去淋到雨，我必須強力拖著牠，出門，彎下身替牠打傘，小雨還好，大雨時一定淋得我滿頭滿身溼。

牠又超愛面子，知道大小便有一些必要的禮儀，怕人看見，總是鑽到深深的矮樹林裡便便。我得小心跟著鑽了進去，一方面注意不要踩上別家小狗的「黃金」，一方面搜尋小黑的「傑作」，套上塑膠袋，親手把小黑的便便抓起來處理好，以免讓別的小孩玩著玩著摔進矮樹林裡中了獎，想想，那有多噁心！小瑤卻能面不改色地站在一邊監督，還得意洋洋地說，這叫做公共道德。

「偶爾你也應該幫幫忙呀！」有時候我一抗議，小瑤就故意裝作神經緊張地瞧瞧小黑：「可別讓牠聽見，你這娘太不負責任了，

牠聽到一定很傷心。」

姊一知道「遛狗」必須附加完成這些「小黑丟，我撿！」的必要儀式，嚇都嚇死了，發誓絕不「代勞」。我也不好意思麻煩她，誰叫大夥都說小黑是我的孩子？

養了小黑以後，才知道小時候媽媽拉拔我們長大有多辛苦，不說別的，把屎把尿就很恐怖。可是，養小孩一定也有很多快樂的地方吧？每一次帶小黑出門，洗過澡又生活得很幸福的小黑，結實又漂亮，又大又圓的眼睛，油亮得像馴善好客的豹子，牠的熱情總量比我和姊和小瑤和老爸老媽全部加起來的十倍，不，一百倍，還要多。

總是繞著任何一個經過牠身邊的人嗅呀嗅地，膽子小一點的小姐多半會被牠嚇得尖聲怪叫。我總是不斷地陪著笑：「我們小黑很怪，只喜歡對漂亮的女人親熱。」

每一個接受過小黑讚美的女人都很高興。我從來沒有告訴過任何一個人，其實小黑對誰都很親熱，男的，女的，美的，醜的，老的，小的，在牠的世界裡，人與人之間完全沒有階級、沒有差別，只要有緣出現在牠身邊，一律受到牠由衷的歡迎與接待。站在牠身後的我，好像戴著多啦A夢的神祕法寶，跟著小黑，忽然之間大受歡迎。

只要一出門，就和這個人講話，和那個人講話，和認識的人講話，和不認識的人講話，講小黑，講小黑以外的雜雜碎碎。小瑤也不像以前那樣，動不動就覺得我很笨，大概是因爲小黑太聰明了吧！小瑤一來，牠總知道要磨蹭在她腳邊向她撒嬌，她現在來找我大部分都爲了「遛」小黑。

有一次才糗，小黑鑽進矮樹林便便，我跟著鑽進去替小瑤常常說的「主子小黑」收拾善後。小瑤忽然輕輕踢了下我的屁股，我已經被小黑薰到頭昏眼花，沒好氣地嚷：「幹嘛？你沒有屁股啊？」

小瑤沒出聲，加重力氣繼續又踢兩下，我氣瘋了，抓著狗大便，也不想裝進塑膠袋裡去，爬出矮樹林站起身，張牙舞爪地準備向小瑤抹去時，忽然，不得不站定，對著直接站在我面前的人影，結結巴巴地湊不出完整的句子：「林，林老師，你怎，怎麼會在這裡？」

「你很久沒來上課，我想來看看你怎麼了？剛好，在這兒遇見你們。」林老師還是像以前一樣，有點害羞，我應該是很喜歡他的，要不然，我的心怎麼又開始咚咚咚咚亂跳，到底有沒有聽錯，他說想來看看我怎麼了？天哪！這可是上課以來第一次覺得有老師在關心我，我想的沒錯，小黑就是我的多啦A夢神祕法寶，一下子誰都想要關心我，可是，我脹紅著臉，不知道該如何面對林老師，我手上還抓著狗大便哪！他倒是覺得很奇怪：「爲什麼要鑽進樹林去抓狗大便？」

轟地一聲，頭皮一時緊繃得太厲害，快要迸裂了，又急又丟臉，完全說不出話來。還是小瑤不慌不忙：「哎呀，還不是因爲剛養了那小黑，老師，你看，好可愛，對不對？陳明瑜就是太愛牠了，又怕不知情的小朋友玩著玩著掉進矮樹林去，只好整天跟著小黑處理牠的大小便，很有公德心吧？」

「不只是很有公德心，最重要的是，她很愛孩子。」老師有點意外，很認眞地看了看我。一下子，我的臉又紅了。知道自己臉變得很燙，這倒奇怪了，通常的情形不都是林老師先臉紅嗎？一定是

因爲我們只有兩個女生，聲勢太薄弱了，眞不甘示弱，又不能控制臉紅，如果讓小瑤來解釋，她一定會老氣橫秋地刮我一頓，說我不習慣被愛吧！啐！眞是胡說八道，小黑就很愛我，不是嗎？

小黑好像懂得讀心術，拚命呼應著我，一下子對我搖起尾巴，一下子又繞著老師磨磨蹭蹭表演「歡迎式」最敬禮。老師蹲下去，摸了摸牠的毛，很有經驗地說：「你們太愛牠了，小土狗不應該太常洗澡，這樣毛色不會漂亮。」

我就知道小黑完全聽得懂人們怎麼議論牠。老師話一說完，牠好像終於聽到有人爲牠說出心聲了，興奮地拚命舔著老師，舔著推著，那種熱情的勁，要不是牠不知道牠實在太小了，一定會把老師推到草地，讓牠舔個高興、玩個高興！

「明瑜雖然還不知道怎麼養狗，卻本能地很懂得去愛每一個別

人，無論是一隻狗，或者是不相識的孩子。」老師好像很高興，一邊逗著小黑玩，一邊又輕鬆地和我們聊起天來。我們從來不知道，還可以這樣和老師聊天，大概是因爲校長不在，沒有「教師榮譽簿」，也不會有人被扣分，所以可以沒有戒心、沒有距離地快樂著。

也許是小黑太頑皮了吧？難得地，老師跟著輕鬆起來，話變得很多，還說了很多感人的故事，沒想到，台灣還有這麼多美麗的傳說，有的流傳在中南部鄉間，有的流傳在原住民部落。一聽到這裡，我就抿住唇笑，因爲小時候我常常追著姊姊問：「山地人爲什麼要改姓？現在他們都叫做原住民。」

「沒禮貌！」姊姊瞪我，還是沒有解釋爲什麼，只是很嚴肅地說：「他們比我們先到台灣，不可以叫人家山地人。」

我當然不能在這時候問老師，山地人爲什麼要改姓？又不是搞笑片。老師的故事，講得很輕很溫柔，像美美的偶像劇，我還不知道台灣有這麼多故事呢！還眞的眞的很好聽。我原來只知道白雪公主、睡美人、怪獸電力公司、神奇寶貝、貞子、薰衣草、草莓蛋糕物語、V6和深田恭子……，還有最近剛知道的卡夫卡和瑪麗亞。

現在又跟著林老師好聽的聲音，認識原住民裡有一群「排灣族」，非常喜歡百步蛇。他們在日常生活裡雕刻、畫畫、編織了很多百步蛇，把百步蛇當作最親密、最吉祥的象徵，叫做「圖騰」，常常在他們聚會的廣場上豎起幾根巨大的柱子，盤據著百步蛇昂然向著天空，又勇敢又壯闊！在他們從小到大傳說著的故事裡，也充滿了百步蛇的影子。

老師最喜歡這個故事：

很久很久以前，排灣族部落裡的年輕人一等到長大，就要跟長老一起到山裡去打獵，並且學習所有可以讓他們好好活下去的技巧。才剛踏出村莊，他們就看見一條好大的百步蛇，年輕人很緊張，立刻問：「怎麼辦？」

「打死牠！」長老一說完就頭也不回地往前走。他相信，排灣族的獵人很快就可以對付他們的對手，不需要任何幫助，果然，年輕的獵人得意洋洋地趕上長老，這是他長大了的第一個挑戰。當他們走了很久走了很遠，已經穿入森林，獵人又看見一條更大的百步蛇，他立刻拿出獵刀，正準備打死牠的時候，長老大吼一聲：「放了牠！」

獵人吃了一驚，放下獵刀，嘟起嘴，覺得很委屈，到底要跟著長老學什麼呢？同樣一條百步蛇，一下子「打死牠！」一

下子又要「放了牠！」這樣，要怎麼繼續學下去？

獵人的疑惑，悶在心裡，想了一整天，長老也沒有解釋。直到他們打了一天獵回來，經過早上打死百步蛇的地方，長老忽然指著那裡問：「你覺得，我們部落裡的孩子會跑到這裡來玩嗎？」

「那當然，我自己就常常跑出來玩。」獵人不知道長老爲什麼這樣問。長老的問題還沒完哩：「你覺得，部落裡的孩子會跑到森林裡去玩嗎？」

「怎麼可能？連我都是在今天第一次踏進去！」

「這就對啦！」長老拈著白白的鬍子笑了起來：「百步蛇和我們的孩子比起來，就是個強者，在孩子常常出現的地方，我們要努力保護弱者，不得不打死牠！到了勇猛的獵人出沒的

森林，百步蛇相對就變成弱者，放了牠，也是因爲我們要努力保護弱者。」

「你們喜歡百步蛇嗎？」老師對我們微笑，等著我們回答。我本來很怕蛇，又很喜歡老師說的這個故事，一下子眞不知道該怎麼回答？小瑤的回答也很怪：「老師，我覺得你問的問題，好像不只是指百步蛇而已耶！你是不是要問我們，我們會不會也努力用一種和大自然同時生活著、同時呼吸著的速度，努力去尊敬生命、保護弱者？」

「你眞的是一個非常有見解的孩子，可惜，在這樣的升學制度底下，老師眞沒有多少時間可以多聽聽你們的意見！」林老師好像有點感傷：「我們拚命趕課，不知道要裝進多少到孩子的腦子裡？

拚命教改，也不知道要改到哪裡去？」

「是不是像陳明瑜這樣生活反而好？對她來說，不想上課就不去，根本不在乎什麼升學機會，好像也沒有和人家比來比去的習慣。」小瑤有點迷惑：「像我，就算不想要和人家比來比去，每次考卷一發，人家就要問，你幾分，考得好一點就好像對不起大家似地。我曾經努力要和大家做朋友，還是常常被我哥嘲笑，人緣不好，完全不懂得如何做人，老師，到底要怎樣才能把人做好？」

說也奇怪，這時，小黑、小瑤和老師，全部一起看著我，看得我非常不自在。我有點不安，聲音吞了又吐，只能小聲問：「老師是在看我有什麼不一樣嗎？」

「嗯，你是不太一樣了，放假這麼多天，多長了一層黑眼皮。」老師一說完，小瑤反而笑：「老師不想回答問題，對不對？有時候你就是不想要我們想太多，高高興興就好！」
「你眞的太聰明，以後會比別人吃更多苦頭。」
老師爲什麼這樣說呢？小瑤又會讀書又會玩，我眞不知道有多羨慕她，她會在什麼樣的狀況下，比別人吃更多苦頭呢？我吃的苦頭才多呢！差點脫了一層眼皮，成爲全台灣第一個沒眼皮的女生。
老師爲什麼顯得那麼欣賞我的樣子，天黑後他要回家以前，還特別讚美我：「你知道在別人都看不見的地方把狗大便撿起來。可見在你的心裡也做了判斷，和狗大便比起來，小朋友就變成了弱者，你是個眞正懂得保護弱者的年輕獵人。」
老師一走，我抱著小黑又笑又跳又叫：「小瑤，沒聽錯吧？你確定老師是在讚美我吧？」
「你瘋啦！」小瑤瞪了我一眼，還是故作老人狀：「老師讚美

學生，本來就是天經地義，這有什麼稀奇的？」

「你騙人你騙人！」我還是喜孜孜地回嘴：「你以前都説，你別看老師表面上很有威嚴，其實膽小得不得了，一有風吹草動就急著撇清關係，深怕自己要負上什麼責任。你瞧，老師來看我耶！我要快點好起來，快點去上學！」

説老實話，以前大部分的時候我都在看電影，看電視，上網，收mail，或者什麼都不做，坐著發一天呆。因爲小黑，我開始散步、慢跑，和小黑追逐，身體越來越壯；因爲林老師，我開始計算時間，等著上學。

眼皮上那黑黑的疤什麼時候掉了，我都沒有注意到。還是小黑發現的呢！很神奇吧？有一天，和小黑躺在公園草坪上，牠忽然奇異地繞著我轉了轉，伸長了舌頭嗚嗚嗚地舔著我的上眼皮，鬧得我又癢又熱，不斷怪叫著：「欸欸，你在幹嘛？你到底想幹嘛？」

小黑什麼話也不會說，光是興奮地快速搖著尾巴，對著我的臉，猛吠。忽然，我想起第一次和小黑見面，眼皮爛糊糊的，還有一層硬梆梆的消炎藥膏，然後傷口慢慢收乾，結了層黑黑的、硬硬的疤，這樣又不知道過了多少時候，終於，這個在牠心目中不知道該如何形容的「醜女媽媽」，掉了結痂，受傷的眼皮萎縮了，也復原了，上一層眼皮蓋下來，牠大概不知道，這就叫做「雙眼皮」，可是一定讓牠覺得很新鮮吧？謝謝天！早就知道一等到這一天我一定會哭，可是沒想到，會哭得這麼痛快，什麼委屈、恐懼、愚蠢、懊悔……，不知道心裡還有多少說不出的千百種滋味，全部，全部都隨著眼淚過去了，明天，明天我可以回去學校上課了，很想，很想早點看到林老師。

六、珍惜屬於我們的金鳥

回來上課的第一天，好天氣。嘿，眞好，連阿歡也在教室。林老師很高興，笑瞇瞇地從抽屜裡拿出講義來，並且難得地，講一些題外話：「這份講義我已經準備了很久，難得今天全員到齊，一起來讀一讀吧！別緊張，只是兩個故事，不會用來考試，再過一個多月，你們就要畢業了，老師希望你們，可以在這些故事裡，找到一點體會，讓日子過得快樂一點。」

「第一個故事你們可能很喜歡，滿感傷的，是班上同學傳給老師的，不知道是誰，只留下一句，老師，你懂得愛嗎？在辦公室裡，我們幾個老師討論了一下，只能說，還眞不知道國中女生到底在想些什麼？想聽聽你們的意見，看能不能討論出，愛，到底是什麼？」老師一邊發下講義，一邊若有所思地看了看那群喜歡纏著老師、喜歡談各種戀愛話題的女同學。

一定是她們寄給老師的。還眞敢，這樣算不算是對年輕害羞的男老師性騷擾？一接過講義，我立刻愣住。我們都猜錯了。老師不知道是誰，我卻非常確定，是，小瑤。學期一開始她就寄過這篇故事給我。

脾氣暴躁的丈夫出門前對妻子發一頓脾氣，不滿她買了台新烤麵包機，還天眞地說：「外殼的玫瑰花圖案，很像我們結

婚時的捧花耶！」

花能當飯吃嗎？女人買東西總有一大堆理由，不懂得賺錢辛苦。他發動機車，很快又熄火了！這車才修沒幾天又故障，每次想換車就想著應該先買房子，怎麼女人都不懂得這些呢？

機車終於發動了。心虛的妻子怕他生氣，手沒敢摟他的腰，只是勾著座墊上的帶子。這樣很危險哪！他想說，卻不願先開口，讓她以爲他又讓步。新婚時每看到別人開車馳騁在高速公路上，她卻從不抱怨跟著他騎機車在縱貫公路上風塵滿臉顛簸地回老家過年過節，想來都替她覺得心酸。

沒留神，一個急轉彎被左側超前的貨車擦撞，抓緊把手的他連車帶人彈飛出去。暈眩過後，一張開眼睛就看到妻子蜷縮在路邊，血水流注，他衝跌過去嘶喊她的名字，發瘋似地站在路中央攔車，哀求對方送他的妻就醫，她不能死，她不能死！原來他那麼愛她。

不眠不休地守在她床邊，他握著她手保證：「只要妳好起來，我不再罵妳，妳要買洗衣機買錄放影機我都答應妳，只要妳好起來！」

做完各項檢查，醫生證實她只是輕微腦震盪，頭、手、腳都只是皮肉傷，休養幾天就會痊癒。當她終於睜開眼睛呼喚丈夫的名字時，他鬆弛了久懸的心情，整個人癱跌在地，再也沒有醒過來。

醫生做了最後的檢查。他的腦子，早在車禍發生當時摔壞了，由於掛念著妻子，奇蹟似地多活了幾天。

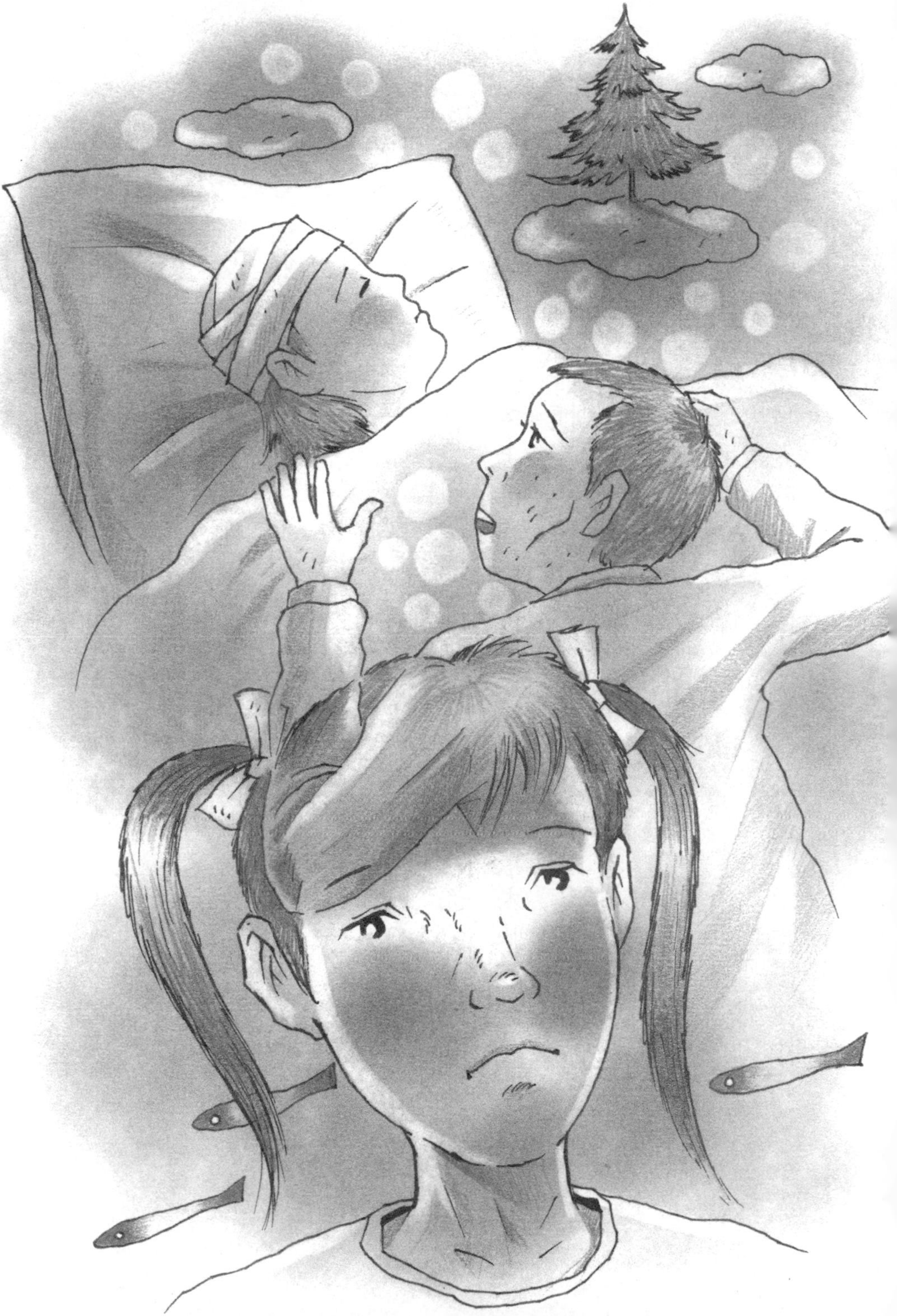

什麼樣的愛可以無視於死亡？愛爲什麼要在「太遲了」的時候才發現？生活怎麼會有那麼多的難過和傷心？才一會兒時間同學們就爭相舉手，喳呼喳呼說個沒完。學校不是說不能談戀愛的嗎？怎麼一談起戀愛這個話題，大家就變得這麼興奮？老師可以用這樣傷心的愛情來勾引大家心亂亂的讀不下書嗎？這樣，我們怎麼升學？

哎呀！怎麼會想到這個，我看，就算別人都談十個戀愛了，我一個都不談也選不上什麼好學校，頭好痛，根本聽不進去別人在說什麼，只是不時懷疑地回頭看看小瑤。她沒有參加討論。一直垂著眼睛，誰也不看，腦子裡鬧轟轟亂轉，我還是不停不停在想，小瑤談戀愛啦？看起來又不像，我們可是天天混在一起的耶！爲什麼？爲什麼她會那麼在乎這個故事？她心裡是不是藏著誰？

這一點也不像她的個性呀！不是說，她可以把很複雜的東西，

整理到很簡單、很清楚，而且絕不會留到第二天繼續傷腦筋的嗎？還是，談戀愛這件事，和日常生活無關，完全用另外一套規則和秩序在進行？如果眞是這樣，林老師一談起戀愛來就不會再害羞，反而會變得很勇敢囉！還是，我們眞的完全不知道什麼叫戀愛？還是……

來不及想到下一個「還是」是什麼，忽然聽到阿歡的聲音，心頭一震，糟糕，我又聽到咚咚咚那種控制不住的心跳聲！心跳聲大到快要蓋住我的耳朵，完全聽不清楚，爲什麼？爲什麼阿歡會說這世界剛好有一個人，觸動我們，努力想要變得更好，耳朵開始熱起來，好緊張，誰？到底他在說誰？是誰讓他想要變得更好？

在這幾秒鐘內，我已經完全忘記小瑤在想些什麼了，只是拉尖耳朵，想弄清楚，爲什麼？爲什麼阿歡變得這麼大膽？到底是什麼原因讓他想要和大家分享？誰讓他變得更好？心裡突然很酸澀，難怪他不再東晃西晃，難怪他會回來上課，鼻頭怎麼這麼酸哪？天啊！我可不能在這時候掉下眼淚來，那，丟臉，就丟大了！

什麼？不是阿歡？是他弟弟。根本，完全，弄錯了！這下我才聽清楚，阿歡正說得興奮：「我弟一向都很笨，又貪吃，小學二年級時居然告訴我，好奇怪呦！這世上怎麼剛好有一個人，讓你什麼東西都想留給她吃，什麼話都想要跟她說？眞不得了，每天陪著小女朋友同進同出，連替她做起事來都變聰明了，有一陣子，發現他一個人上下學，問他和女朋友怎麼了？他還會傷心地說，下學期女朋友要轉學，必須提早適應沒有她的日子，要不然以後會太難過。」

還有更刺激的呢！是不是現在孩子們談戀愛的時間都提早了？

有人說，他那小學五年級的弟弟總是在抱怨，交女朋友要花錢買禮物，花時間陪女朋友，還要花體力替她抬便當、倒垃圾、當值日生，升上六年級後，還是分手算了，再也不用爲了女朋友的成績不好心煩，再也不用爲了跟別的女生講話惹她生氣……。

全班同學笑到前俯後仰。我也是，發現不是阿歡，並不是阿歡爲了誰想要變得更好、並不是阿歡爲了誰想要什麼話都跟她說，這樣我就笑了。怎麼會這樣呢？忽然發現，我害怕阿歡心裡有了誰，又發現原來他心裡沒有誰，我害怕發現自己因爲這樣大笑著，笑著，笑著，居然掉下淚來，我不知道，眼淚爲什麼會自己掉下來？

「爲什麼大家只敢拿自己的弟弟妹妹取笑？爲什麼每個人一站起來發表，就說我朋友怎樣怎樣？是不是沒有人，我們這個社會沒有人敢承認自己的感情到底怎麼一回事？」到辦公室問過老師「你喜歡像我這樣的女生嗎？」那個又高又漂亮的女孩站起來，眼睛直視著老師：「老師，你以爲這封mail是我寄給你的，對不對？其實不是。我一旦喜歡了你，就不怕別人知道，我不需要匿名。」

彷彿「轟！」地一聲巨響，林老師滿臉脹得通紅。天，哪！教室裡掉下了個天大的炸彈，好勁爆唷！瞬間我立刻忘記，小瑤，阿歡……，什麼什麼都忘記了！林老師完全不知道該如何「接招」，到底，到底接下來該怎麼辦呢？

「那封信是我寄的。」做夢也沒想到，一直低著頭垂著眼睛的小瑤，慢慢站了起來，不知道她是想當俠女替老師解圍，還是她一下子秀抖了，完全讓人來不及阻擋：「從寄出信那天我就開始後悔，後悔到即將過完一個學期了，還好，老師要我們一起面對我們的感情。你們一定以爲，我喜歡老師，其實更慘，不知道是不是中

了太多日劇、韓劇和漫畫的毒，我眞的以爲我完蛋了，因爲，我喜歡我哥哥。」

班上靜悄悄地。本來脹紅了臉的林老師，開始一層一層地褪去顏色，整張臉變得非常慘白。小瑤反而鎭定：「這個學期剛開學，哥帶女朋友回來，我不敢相信，眞希望自己那時候就死掉算了！爸爸媽媽替我們買Nike、裝電腦，日日接送我們上課補習……，花了這麼多時間和心力，我們卻不能和他們講心裡的話，很想找老師談，又不知道該怎麼說，這篇故事，就是那時候的心情，灰暗，傷心，不能挽回，那天在公園裡，聽老師講了好多台灣各地的小故事，老師讚美陳明瑜，說她天性裡有一種保護弱者的本能，我才忽然發現，世界好大，人的特質與潛能多麼不一樣，我哥，只是目前我看過最好的人，我相信，還有更多更豐富的機會，一定會讓我看見，更多更好的人。」

全班同學都替小瑤鼓掌。她不是問過老師嗎？到底要怎樣才能把人做好？看起來，她已經做人成功了。在我們班，她成爲最讓人敬佩的「女戰神」，同學們一起接納她、信任她，像我一樣地崇拜她，覺得她眞不愧爲全班唯一會讀書、會玩，又勇於面對眞情眞愛的「超級模範生」。

然後，我們開始認眞研究老師親自爲我們選讀的〈樵夫與金鳥〉。

樵夫在路上撿到一隻受傷的銀鳥，銀鳥全身包裹著閃閃發光的銀色羽毛，樵夫欣喜說：「啊！我一輩子從來沒有看過這麼漂亮的鳥！」於是把銀鳥帶回家，專心替銀鳥療傷。療傷的

日子裡，銀鳥每天唱歌給樵夫聽，樵夫過著快樂的日子。

有一天，鄰人看到樵夫的銀鳥，告訴樵夫他看過金鳥，金鳥比銀鳥漂亮上千倍，而且，歌也唱得比銀鳥更好聽。

樵夫想著，原來還有金鳥啊！從此樵夫每天只想著金鳥，也不再仔細聆聽銀鳥清脆的歌聲，日子越來越不快樂。有一天，樵夫坐在門外，望著金黃的夕陽，想著金鳥到底有多美？此時，銀鳥的傷康復，準備離去。銀鳥飛到樵夫的身旁，最後一次唱歌給樵夫聽，樵夫聽完，只很感慨的說：「你的歌聲雖然好聽，但是比不上金鳥；你的羽毛雖然很漂亮，但是比不上金鳥的美麗。」

銀鳥唱完歌，在樵夫身旁繞了三圈告別，向金黃的夕陽飛去。樵夫望著銀鳥，突然發現銀鳥在夕陽的照射下，變成了美麗的金鳥。他夢寐以求的金鳥，就在那裡，只是，金鳥已經飛走了，飛得遠遠的，再也不會回來。

「你們有沒有注意到，一直待在自己身邊的金鳥，究竟是什麼呢？有沒有問過自己，到底有沒有好好珍惜，屬於我們的金鳥？」老師一問，全班都安靜著。我想，大家這時候都在認眞想著，我們，到底有沒有好好珍惜，屬於我們的金鳥？

今天上的課，在「教室日誌」上，完全沒有進度，可是，在我們的心上卻往前跳了一大步。回家時，和小瑤一邊走一邊討論著那隻金鳥，阿歡靠在牆上，交叉著腿，伸得長長的，等在我每天必經的路上，遠遠看到他的影子，我的心不能控制地咚咚咚吵了起來，越走近就越害怕，小瑤眞可惡，那抿著嘴笑的樣子很奸詐，不

知道她在笑什麼？

「想要告訴你，這世界眞的剛好有一個人，觸動我們，努力想要變得更好。」阿歡微微笑，說完就走了。我僵在那裡，像被電擊。不知道過了多久，小瑤推我，我才傻傻地問：「他說的那個人，會是我嗎？」

「才不是。」小瑤搖搖頭，一本正經地說：「他說的那個人，是我。」

我又被電擊了一次。完全僵住。過了很久很久，慢慢有了感覺，鼻頭好酸，身體搖搖晃晃，還是勉強自己結結巴巴地問：「你們，什麼時候開始的？」

「你這笨蛋！完全看不出來他講話時對著誰說嗎？」小瑤有點吃驚，嘆了口氣：「虧我還以爲自己很幽默。愛漂亮是沒關係，不要太笨好不好？那種吊兒郎當的男生，也不肯好好讀書，送我都不要，你放心吧！」

小瑤說我笨，那麼，阿歡剛剛那些話，眞的是對我說的囉！有點不敢相信，雖然被罵，還是很高興。腳步一下子變得輕輕的，頭昏昏，有好幾次小瑤問我什麼，都沒辦法意識清楚到分辨她的意思。

根本不知道怎麼回到家的？一推開門，等了一整天的小黑熱情地撲上來，哎唷！嚇了我一跳，才忽然非常愧疚地摟住小黑，我怎麼一整天都忘了這個孩子呢？外面的世界怎麼有那麼多突然發生的意外，牽扯住我們的注意力？以爲自己那麼愛那麼愛小黑，學校，E-mail，林老師，小瑤，阿歡……，什麼都可以讓我忽略小黑，可是，小黑還是那麼熱情地歡迎我，就好像，我就是牠，最心愛的，金鳥。

我是牠最心愛的金鳥。無論我多忙多累，只要我一回來，牠就會無條件的愛我！忽然，像一道閃電，腦子裡跳出一組電話號碼，衝進屋子，立刻，撥了老媽的手機，一接通，媽的聲音驚慌地跳了出來：「小瑜？怎麼會是你？你生病啦？發生什麼事？」

「沒啦！」我清了清喉嚨，忽然被老媽關心，一下子還覺得不太適應：「我只是想要跟你說，說……」

剛剛被小黑這樣「無條件愛著」的強烈感動，讓我一下子昏了頭，居然也那麼想那麼想告訴老媽，我眞的愛她，臨到嘴巴，才發現那麼肉麻的話，還是說不出口，老媽在電話裡聲聲催：「說什麼？」

「沒啦！」放下電話，眞覺得小瑤說的沒有錯，我是有點蠢

啦！常常想了一大堆，眞正能夠執行的還不太多呢！管他的，不要多想，帶小黑去散步便便吧！我可是小黑的「親親小媽」，工作還一大堆。

回到家，嚇了一跳，老媽回來了！該，該不會是爲了我回來吧？心跳聲又咚咚咚咚搶著胡鬧起來，原來不只是因爲阿歡，還有好多事會讓我的心失速失控，我的心是不是比別人更熱愛這些劇烈運動？

聽到聲音，老媽急著衝了出來，一看到我和小黑，立刻鬆了一口氣：「原來是小狗。你想跟我說要養小狗，是嗎？」

「不是。」我一定嚇呆了，還傻傻地應：「小狗已經養一陣子了。」

「那到底怎麼了？什麼事讓你打那通電話？」媽好像驚嚇得比

我厲害。我吞吞吐吐地，只好說：「我，我是想說，想和你說，我，我眞的愛你。」

媽愣在那裡。抿著唇，移開眼睛，努力深呼吸深呼吸，我想她是不想哭吧！可是很難耶！大概一百年我們沒有講過話了，我還用「愛」來驚嚇她。一看到媽哭了，我就沒有原因地哭得比媽更大聲、更激烈，還抱住她軟軟的身體，媽媽好香。這是我第一次哭到天昏地暗還能保持頭腦清醒，因爲，姊快要到家了，眞害怕被她看到這麼肉麻的場面，萬一給她知道，是我先打電話、是我先抱老媽的，還眞是肉麻加三級。

來不及了，一切都完蛋了。姊一進來，受到的驚嚇一定遠超過我們。媽吸了吸鼻子，溫柔地伸出手：「來，孩子，讓媽媽抱抱你！」

姊閃開，才想進屋去。媽擋住，很難過地說：「我知道，你總是怪我不夠愛你們。那年，爸爸選市長落選，我們眞的心力交瘁，好想好好摟住你們，過幾年好日子，就像剛剛正要去摟你的時候，你就閃開了。你爸很生氣，覺得那麼多年的家庭生活都犧牲了，一定要再選到底。我必須支持他，可是，每一次看到你，你都閃開，我總是告訴自己，陪著你爸爸，再努力一陣子就夠了，再努力一陣子就夠了，我一定會好好補償你們，可是，明瑜這麼大了，大到可以努力告訴我，她愛我，忽然，我那麼確定，我是永遠沒辦法把明瑜的童年補償給她了。」

姊聽到這裡，不屑地瞥了我一眼，自顧自進門關進房間。我眞糗，到底招誰惹誰呀？媽好像很傷心，整個人呆呆地站在院子裡，還是我去勾住她的手臂：「媽，進去吧！姊一時還不習慣嘛！愛這

種東西很怪，我們眞的需要很多很多，又常常一服用就症狀百出！」

媽奇怪地看了我一眼：「你懂得什麼愛？」

嘿嘿嘿，我是不懂得什麼愛啦！可是，我有死黨小瑤，有告訴我這世界有人觸動我們努力變好的阿歡，還有爲了一通沒講完的電話拚命趕回來的老媽。我忽然很有信心地告訴媽：「只要心裡懷著愛，妳一定會在剛好的某個時刻某個地方，發現我們眞的愛她！」

眞不錯，我現在講話越來越有小瑤那種「成熟老小姐」的架勢。沒錯，要多下結論，不管懂或不懂，反正先給他講得斬釘截鐵，嘿嘿，誰都覺得很有幾分道理。連媽都似笑非笑：「怎麼你會忽然變成愛的專家？你又在哪一個剛好的某個時刻某個地方，發現我們愛你？」

「在我幫小黑抓便便的時候。」媽這時候眞的忍不住大笑起來。

小黑不知道發生什麼事，光是著急地繞在我們腳邊，蹭啊蹭地，一邊發出「嗯嗯嗯」的叫聲，這大概就是「狗語」裡的：「怎麼一回事?怎麼一回事?」吧!只可惜，我們都沒人像小黑一樣，趁還小的時候學會狗族這種「第二外國語言」，小黑可很認眞地張望著我，歪著頭，耳朵動啊動地，等著我向他報告，究竟怎麼一回事?

七、不要說再見

不知道是不是眞的因爲阿歡爲了誰想要變得更好，他開始正常地上課。每看到他坐在位置上，我就覺得很甜蜜。很想和小瑤分享，可是她現在很拚，我想她一定會考上好學校，這些雜七雜八的事，等考完再告訴她吧！我們可是眞正的死黨耶！

快畢業了，我們必須參加會考，準備各種甄試資料，寫大量的報告，應付各種面談口試，林老師根據我的性向測驗和平常的生活觀察，建議我在我們學校高中部選讀「幼保科」，我有點吃驚：

「職科以後不是會全面廢止嗎？我們的未來會在哪裡？」

「人生的變動那麼大，高職廢止，同時，升學和進修的管道一定也會變得更寬闊、更多元。」林老師笑著說：「而且你不是常在作文裡這樣寫，還沒做的事，我們怎麼會知道結果怎樣呢？不過，話說回來，我們怎麼可能在做所有我們想要做的事情之前，都先知道結果？」

天，哪！我都忘記了，那是在我準備貼雙眼皮以前，爲了強化自己的決心，反覆在作文裡不斷出現的主題。又不是發生在多久以前的歷史，怎麼我一點都不記得了？眞的，要不是老師提起來，我完全忘光了。

爲什麼？爲什麼班上的同學都沒人發現，我已經擁有一雙魔法雙眼皮了？雙眼皮好像沒有改變太多別人對我的看法嘛！小瑤還是

覺得我很蠢，阿歡的雙眼皮還是比我更深、更漂亮！小黑還是像我爛眼皮時代那樣繞來繞去纏在我身邊，林老師喜歡我是因爲他發現我像排灣獵人一樣，「本能地保護弱者」！哈，我可把這句話用電腦放大彩色列印，貼在書桌前面，我喜歡自己這個忽然被發現的優點。

雙眼皮好像根本沒什麼魔法嘛！可是，怎麼生活眞的變得很快樂？林老師關心我的讀書進度，老媽擔心我到底有沒有學校可以讀？阿歡還偷閒告訴我，他要把全部的意志力，放在「做一個有主見的人」上面。好像卡夫卡掛在牆上唷！發現大夥都這麼關心我，我不會變成蟲蟲，當然也不會變成瑪麗亞，一輩子被關在瘋人院裡。

等考完試，有了一個好學校可以念，我也要寫封信給瑪麗亞的

作者馬奎斯，請他幫忙把瑪麗亞放出來。

讀書剩下來的一點點空檔，我就會偷偷地想，阿歡在做些什麼呢？他很聰明，常常一加把勁，模擬考的名次就衝到全校排名的很前面很前面。雖然我不是太會讀書，但我還是覺得很驕傲。我們並沒有太多時間可以說什麼話，但是，偶爾好天氣的星期天，他會帶弟弟，我帶小黑，我們在公園裡會合，玩飛盤，捉迷藏，吃冰淇淋……，有時候還聊一聊家庭生活。

他爸爸是醫生，從小決定他哥哥、他姊姊的一切，男孩學醫，女孩學音樂。哥哥姊姊都很聽話，不知道爲什麼，阿歡就是和他老爸合不來，吵架，互相不講話，馴順的媽媽很怕他爸爸，常常拉著阿歡掉眼淚問：「你到底想要做什麼？」

「我沒想要特別去做什麼。」阿歡很拗：「我只是想要做自己。」

「做自己？做自己有你爸安排的那麼好嗎？」媽一說，阿歡就逃家。他逃家，逃學，在西城萬年廣場鬼混，交一大堆亂七八糟的朋友……。說眞的，這樣的生活就是「做自己」嗎？我覺得很奇怪，不過，阿歡就是比別人更像他自己，而且是我很喜歡很喜歡的那種樣子。

最不可思議的是，最後一次模擬考，小瑤因爲分心在準備甄試面談，對學校功課有點漫不經心，加上她一向輕敵，被阿歡拿了個第一名。她氣呼呼地說：「阿歡那個腦袋，比你不知道好多少，你要是念了幼保科，兩個人的世界越差越遠，遲早有一天要說再見！」

遲早有一天要說再見。這世界上誰不是這樣呢？小瑤不是也說過，記不記得並不重要，以後我們會讀不一樣的學校，交不一樣的朋友，再以後，還要談戀愛，結婚，還會在乎記不記得嗎？可是，爲什麼每次這樣一想，我就會掉眼淚。

我不想說再見，摟住小黑，我在牠耳朵邊說：「如果世界上所有親密的人，親密的朋友，都不要說再見，那該有多好！」

「嗯」小黑頭一歪，頂了頂我的下巴，亮亮的眼睛很癡情很癡情地看著我，一邊發出「嗚嗚嗚」的嗚叫聲，我知道，牠正在用牠的「狗語」告訴我：「我永遠不會離開你。」

「我也是，我永遠不會離開你。」拉開小黑，我也同樣很癡情很癡情地看看牠，忽然用力地揉亂牠的頭髮，把牠弄得醜醜的，等一下在公園和阿歡他們會合的時候，阿歡他弟一定會笑得滾到草坪上。

這次的公園約會很特別唷！自從阿歡在模擬考打敗小瑤後，他已經不再是她心目中那個「很蠢的吊兒郎當的男生」，所以，她決定和他一樣，放自己半天假，一起到公園來陪小黑玩，小黑好像也知道小瑤在我心目中很重要，刻意去討好她，蹭進她的胳肢窩裡搔她的癢，小瑤一邊笑一邊逃一邊尖叫：「小黑，不要，小黑不要！」

小黑開心地追著追著，忽然，停下腳，豎起耳朵，沈靜的眼睛像小心在思考什麼似地，一會，我們也聽到了，有小女孩快樂的叫聲，和大人此起彼落的呼喚：「Lucky，Lucky，Lucky　Lucky！Lucky……」

小黑慢慢地、慢慢地搖著尾巴，張望著呼喚牠的那群人，看看我，又看看他們，再看看我，又看看他們，又想要回頭再看看我……，歪著頭，眼睛流露出迷惑，鼻子不斷發出「哼哼哼」的聲音。

當他們跑近蹲下時，女主人高興地對著她女兒說：「寶貝，瞧這耳朵，Lucky，眞的是Lucky沒錯！」

我的臉色「刷！」地一下子變得很白很白，搖搖站著，幾乎快要摔了下去。小瑤和阿歡立刻靠近我身邊撐住我。男主人歉意地看著我，滿臉愧疚，小女孩天眞地跑過來抱住我：「姊姊，好心的姊姊，是你照顧Lucky的，對不對？Lucky長大好多好多唷！爸出國，沒人可以載我回這公園找Lucky，我只能一直哭一直哭，我怕，怕Lucky會餓死掉，幸好有姊姊，姊姊眞好心。」

女主人從小狗身邊站起來，也同樣滿臉愧疚地道歉：「眞對不起，這樣麻煩你，我先生出國兩個星期，這孩子就哭了兩個星期，好不容易昨天半夜才下飛機，今天就吵著要回來找Lucky。」

什麼Lucky？一下子我的眼眶就溼了，眼淚含在臉上，視線都變得模模糊糊的。小黑也眞怪，既然這是最愛你最愛你的主人，你應該迎上去，像任何時候你看見任何一個陌生人一樣，熱情地又嗅又繞，把整個身體蹭進去啊！去呀！你爲什麼不去歡迎你的小主人呢？小黑偏著頭，沒有走動，也沒有搖尾巴，只是很認眞很認眞的看著我。

阿歡客氣地對他們說：「我們注意到，小黑耳朵上有特別的記號，知道一定有很愛牠很愛牠的主人會回來找牠，牠眞的很乖，也陪了我們一段快樂的時光。」

小女孩這時候才蹲下去，抱住小黑，把牠的身體轉過來正面向著我，很努力地教牠：「Lucky，來，和姊姊說謝謝！」

男主人非常尷尬，小聲地問：「我們可以帶走Lucky嗎？要不要留個電話，以後我們帶Lucky來公園玩的時候就可以通知你們一

起來看看牠？」

「好啊！Lucky的家人一下子就變多了。」小瑤笑著留下電話。

我瞪了她一眼，什麼Lucky？她怎麼這麼快就可以把小黑變成Lucky？阿歡也是，表現得彬彬有禮，假惺惺，只有阿歡他弟最眞情，他摟著小黑大聲嚷：「小黑是我們的，不能給你，不能給你！」

越過阿歡他弟的肩膀，小黑的眼睛還是像平常那樣，很癡情很癡情地看著我。可是，誰都知道牠就要離開我了。阿歡拉起他弟弟，不好意思地向大家道歉，而且很殘忍地勉強這個孩子，和小黑說再見。

小瑤，阿歡，小弟弟，大家都在向小黑說再見。

只有我沒有。我不要說再見。

小黑一邊走，一邊回頭，走幾步，就停下來，看看我，又回頭走幾步，再停下來，看看我。我忽然想，牠是不是像我一樣，回想起我們第一次見面，我那爛糊糊的眼皮，然後是黑黑的一層硬疤，直到現在有一雙漂亮的雙眼皮了……，可是，生活還是不斷不斷向前滾去，雙眼皮根本沒有魔法。

作者簡介

黃秋芳，一九六二年生，高雄市人，台大中文系畢業，日本東京都立柴永語言學校結業，台東師院兒童文學所碩士班研究，一九九〇年成立「黃秋芳創作坊」，策劃刊印地方報導《我們的桃園》、漫畫桃園縣地圖拼圖、讀書會人才培訓手冊《我們的花園》。

做過四處旅遊的夢，開過漫畫屋，教過作文，寫過小說……，出版過兒童作品《穿上文學的翅膀》、《童詩旅遊指南》、

《看笑話學作文》、《大家來背詩》、《親愛的，我們把作文變快樂了！》等。

繪圖者簡介

徐建國先生，一九六五年生，台灣新竹人。目前專心從事兒童插畫創作及兒童刊物插畫。喜歡到外面看看走走，更喜歡製作模型、標本，沒事愛做白日夢、幻想繪畫題材。

現代少兒文學獎徵文辦法（摘要）

指導單位：行政院文化建設委員會
主辦單位：九歌文教基金會
協辦單位：九歌出版社有限公司

一、宗　旨：鼓勵作家創作少兒文學作品，以提昇國內少兒文學水準，並提高少兒的鑑賞能力，啓發其創意，並培養其開闊的世界觀以及對社會人生之關懷。

二、獎　項：少年小說——適合十歲至十五歲兒童及少年閱讀，文長四萬五千字至五萬字左右，最長不得超過五萬二千字。

三、獎　金：
行政院文化建設委員會少兒文學特別獎——獎金二十萬元，獎牌一座。
評審獎——獎金十五萬元，獎牌一座。
推薦獎——獎金十萬元，獎牌一座。

榮譽獎若干名，獎金每名五萬元，獎牌一座。

四、應徵條件：

1.海內外華人均可參加，須以白話中文寫作。每人應徵作品以一篇爲限。爲鼓勵新人及更多作家創作，凡獲九歌現代少兒文學獎首獎者，三年內不得參加。

2.作品必須未在任何報刊發表或出版。獲獎作品如出版專集，由協辦單位負責支付該書專人插畫費用，並另行簽約支付版稅。

五、評　選：

應徵作品經彌封後，即進行初審、複審、決審。評審委員於得獎名單揭曉時公佈。

附記：本辦法是第一屆至第十一屆徵文辦法之摘要，每屆約於每年十月至翌年一月底收件，提供有志創作少兒文學者參考，詳細辦法，屆時公佈。

九歌少兒書房

第九屆現代兒童文學獎得獎作品

第廿九集(全四冊)
全套四冊680元

少年放蜂記
馮　傑 著

一位鄉村少年「九餅」穿越中國南北，歷經了一段豐富多彩的放蜂生活。九餅、老荷、芙蓉三個人一路相伴，看遍大江南北的美景，遇見多種奇人怪事；他們熱愛自然、熱愛生活，心地寬闊、助人爲樂。

送奶奶回家
陳貴美 著

俐方的奶奶過世了，伯伯、叔叔、姑姑們，從各地趕來參與奶奶的葬禮。難得團聚的家人，共同回憶奶奶平凡、平實的一生以及整個家族的故事。故事以優美、溫暖的筆觸鋪陳嚴肅的生死問題，親情的描繪令人感受深刻。

再見，大橋再見
王文華 著

噹噹是賽德克族的小女孩，她和家人來到繁華的都市尋夢，在都市邊緣的大橋下，不同部落的原住民成立了大橋部落。「只要努力，相信明天會更好。」他們懷著這樣的夢想在都市裡努力生活，然而，經濟不景氣伴隨著寒冬到來，大人們找不到工作。噹噹一家人該如何適從呢？

我們的山
陳肇宜 著

阿福、阿財兩兄弟因偷摘玉蘭花而與佳君變成好朋友。富家千金佳君被歹徒綁架，帶著黑狗庫洛到佳君家的阿財，因而受到牽連，庫洛也失蹤了……一向聰慧機智的庫洛是否能營救主人？

九歌少兒書房

第十屆現代兒童文學獎得獎作品

第三十集(全四冊)

全套四冊680元

風與天使的故鄉　　林佩蓉 著

小蒙是個轉學生，嘴上老愛說著天使的故事，常讓小幼摸不著頭緒，更怪的是，小蒙的媽媽也相信天使，說這個鄉下地方是「天使的故鄉」。突然間，小蒙再也不相信天使了，究竟發生什麼事？小幼能幫小蒙找回他心中的天使嗎？本書榮獲行政院文化建設委員會特別獎。

七彩肥皀泡　　李志偉 著

大家競相搭上時光飛船，移民到千年後的烏托邦「富裕年代」，聽說那兒可以免費吃免費住免費遊玩免費受教育，不想工作一樣能過舒適的生活……當大家興沖沖地到了富裕年代，一切卻操縱在機器人手中！有誰可以解救他們？

少年鼓王　　鄭如晴 著

大山在一場車禍中失去雙親，唯一剩下的親人是患有自閉症的阿弟。他們在育幼院裡遇到愛護和傷害他們的人，大山也從怨恨阿弟，到照顧阿弟，並幫助他成長。秦姊發現阿弟對打鼓有特別的天分，她訓練他成爲一名鼓手，甚至帶他參加比賽，不料阿弟竟臨陣脫逃……

尋找蟋蟀王　　盧振中 著

資優生牽牛沒法子讀書了！懂事的他輟學以減輕家中負擔。每天看著同學上學讀書，只有野地上的蟋蟀能安慰難過的牽牛。有一天，鎮上來了個大鬍子，他以高價買下牽牛手中把玩的蟋蟀，讓牽牛產生希望：如果能捉許多蟋蟀，他就可以上學了……牽牛能順利捉到蟋蟀，完成他的心願嗎？

九歌少兒書房 ⑫④

魔法雙眼皮

定　價：200元
第31集　全套四冊800元

作　　者：黃　秋　芳
繪 圖 者：徐　建　國
發 行 人：蔡　文　甫
發 行 所：九歌出版社有限公司
臺北市八德路3段12巷57弄40號
電話／02-25776564・傳眞／02-25789205
郵政劃撥／0112295-1
登記證／行政院新聞局局版臺業字第1738號
九歌文學網：www.chiuko.com.tw
印 刷 所：崇寶彩藝印刷股份有限公司
法律顧問：龍躍天律師・蕭雄淋律師・董安丹律師
初　　版：2003（民國92）年1月10日
初版 2 印：2009（民國98）年11月10日

ISBN：957-560-956-5　Printed in Taiwan
書號：A31124

國家圖書館出版品預行編目資料

魔法雙眼皮／黃秋芳著；徐建國繪.
--初版. --臺北市：九歌， 2003〔民92〕
面；　公分.
--（九歌少兒書房；124）

ISBN　957-560-956-5（平裝）

859.6　　　　　　　91018861